U0466053

野猪先生

南京故事集

庞 羽

著

江苏凤凰文艺出版社

图书在版编目（CIP）数据

野猪先生：南京故事集/庞羽著. — 南京：江苏凤凰文艺出版社，2021.7
ISBN 978-7-5594-5410-2

Ⅰ.①野… Ⅱ.①庞… Ⅲ.①短篇小说-小说集-中国-当代 Ⅳ.①I247.7

中国版本图书馆CIP数据核字（2020）第227317号

野猪先生：南京故事集
庞　羽　著

出 版 人	张在健
责任编辑	李珊珊　李　黎
责任印制	刘　巍
出版发行	江苏凤凰文艺出版社
	南京市中央路165号，邮编：210009
网　　址	http://www.jswenyi.com
印　　刷	苏州市越洋印刷有限公司
开　　本	880毫米×1230毫米　1/32
印　　张	8.125
字　　数	152千字
版　　次	2021年7月第1版
印　　次	2021年7月第1次印刷
书　　号	ISBN 978-7-5594-5410-2
定　　价	48.00元

江苏凤凰文艺版图书凡印刷、装订错误，可向出版社调换，联系电话 025-83280257

庞羽给我们带来了一个新南京

毕飞宇

庞羽真的能写，一眨眼，她又写出了《野猪先生：南京故事集》，我很欣喜。

五年前，庞羽还是南京大学的在读生，她把她的《佛罗伦萨的狗》和《左脚应该先离开》寄给了《天涯》，《天涯》让我说几句话，我说，"庞羽值得期待"。我没有老眼昏花，五年过去了，庞羽用她的作品告诉我们，我们对庞羽的期待一点也没有落空，也许还有剩余。

大学毕业之后庞羽回到了她的家乡，两年前，她再一次回到了南京。再一次回到南京的庞羽已经不是一个小姑娘了，她成了 90 后作家群的中坚力量。

《野猪先生：南京故事集》收录了庞羽的 20 个短篇新作，我以为，这 20 个短篇是庞羽对南京的回答。《野猪先生》《你你你要唱歌吗》是南京生存的境遇；《南京花灯》是秦淮河的烟花瞬间；《聪明人所见》《月亮也是铁做的》，这是南京的幽暗和南京的暧昧；《关小月托孤》《没有人拒绝得了董小姐》，标准的

"南京成长"和"南京迷茫"。——这些都不新鲜,但是,当这些并不新鲜的局部被那个叫庞羽的年轻人捏把在一起的时候,南京很新鲜。庞羽给我们带来了一个新南京。

庞羽虎虎生风,她的事硝烟四起。我只能再一次重复我说过的话,庞羽值得期待。南京是生生不息的,这注定了庞羽的生生不息。

目 录

001　野猪先生
019　南京花灯
036　美国熊猫
053　聪明人所见
073　关小月托孤
090　没人拒绝得了董小姐
106　你不能既当房东，又当租客
125　黄　桃
143　银面松鼠
154　宇宙飞船
173　羚羊小姐

189　红豆加绿豆等于黑豆
204　你你你要唱歌吗
220　有大片云朵燃烧的夜晚
234　撸　串

野猪先生

　　他们说江宁这边的校园里有野猪时，天色才亮了两分。这样的天，黝黑里亮着白，像冒了尖的鬃毛。我瞧了一眼天色，又沉沉地睡过去了。梦里，无数只野猪挤在一起，在月亮下，它们的骨头在发光，缤纷闪烁，一时光绝。

　　醒来后，我去了学校的后山。今天是思政课，我不想去。就这么无来由地，我想和野猪们讲一讲勾股定理，讲一讲摩尔定律，讲一讲堂吉诃德的故事。它们肯定听过了。没关系，我和它们讲一讲我自己吧。我如何出生、如何成长、如何死亡。就像它们一样。不同的是，它们有可爱的初恋，单纯的交媾，日复一日的三餐小食。或许我也有。或许我没有。它们那么聪明，会告诉我的。

　　后山从来不会多嘴。我喜欢爬到半山腰，靠着一块红土垛子，望一望天。有时从早望到晚，有时望着就瞌睡下去了。多数时候，我会看见云。鲸鱼一样的，田野一样的，椋鸟一样的。这时，我渴望成为我撒的谎。我渴望成为我喝下去的水。我渴望成为万物的脚，黑色的潮汐，两把一模一样的匕首其中一把。我说来说去，云朵变来变去。现在，他来了，我瞥见又抛弃的那朵云，他来了，他说他有獠牙，有棕色的鬃毛，有雄壮的肚子。我说我有去失去、再成为的准备。

我生活在南京江宁区一座小山的旁边。我叫它后山。我相信他在后山的西南角。他叫野猪先生。他喜欢西南角，那边有金黄的蜡梅。因为我喜欢，所以他才喜欢的。我们会在那儿看月亮。他的獠牙一点也不可怕，他的眼睛很温柔，他见到我的时候，会努力吸肚子。我老是笑他，别费劲了，靠过来点。可我还没有见过他。西南角的蜡梅可香了。他太害羞了。

我在山上走了几圈，人间也乱了锅。女生们都在发朋友圈，说江宁的夜晚特别冷，她们不敢一个人回宿舍，求男生陪走。男生们嚷着喊着要去打野猪，分肉吃。老师们比较理智，说野猪是国家二级保护动物，不可打也。我坐在桌前，看完了一章《人类死刑大全》，吃了豚骨方便面，喝了一杯教超（教育超市）的奶茶，窗外的路灯明明灭灭，我突然觉得，有人在等我。他可能在山上等，也可能在河边等。这样的天，等得太累了。你快来吧。我给你讲讲人类在爪哇国的故事。哦，今晚说会下雪，你要是来了，鬃毛上落满了雪，我会下楼给你打热水。一块二毛五的热水。你要是饿了，肚子瘪得难受，我会去超市给你买夜宵。两块炸鸡腿，三根关东煮，一杯红豆奶茶。我算过啦，十八块五。你要是嘴淡，我带你去老傕那儿。他在鼓楼卖小馄饨。十块钱一碗。我不会要你还的。你别急眼。我就想给你花花钱。

别忘啦。我在3楼，女生宿舍2栋B座314室。别走错了，隔壁的那个宿舍睡得晚，会打搅你。拐角那个宿舍经常没人住，你难免感到寂寞。还有，我是金陵大学戏剧影视文学系2015届学生王佳，今年大三啦。你数数，7个横画，4个竖画，还有一个撇，是不是很好记？所以你千万别搞混了。一个年级8000多人呢，我怕找不到你。

今天，我下楼的时候，一群女生在讨论，有人在四组团拍到了野猪。个头高的那个女生说，拍到了两只呢，肯定是一对。大波浪的那个女生说，那是两只小的，听说有一只最大的，凶猛无比，就住在咱们这儿的后山上。粉色羽绒服的那个女生说，这些野猪来这儿，就是为了找吃的，你们要是碰见了，绕着走。它们的獠牙可厉害了。背着书包的那个女生说，现在防着色狼，防着变态，防着前任，防着监考老师，居然还要防着野猪。

她们走远了。我的野猪先生终于出来了。他带着所有的热情、诚恳、理解与信任，从连绵的小山里走出来了。他对我说，人一生有多少次，在黑暗里睁开眼睛？又有多少次，从日暮遥望到了日出？活着，是日暮到日出间必须要做的事。而苏醒，是日始月末间，最炽热的那次心跳。

接下来的两天里，教室座位旁边，食堂餐桌对面，图书馆隔壁沙发，我都空着。当然，我从没能让它满过。有时，我座位旁坐着我的舍友，她睡在我对角的那张床上，我们关系还不错，她给我带过盒饭，我给她叫过外卖；有时，我餐桌对面坐着我的学妹，她小我一届，贪玩的年纪，经常和我借笔记，还的时候请我吃金陵小炒；有时，我隔壁沙发坐着几个面目模糊的男生，有的借空调睡觉，有的复习高数，有的看起了武侠、言情、哲学、经济理论。我的野猪先生，他喜欢电影赏析课吗？他爱吃四食堂的生煎包吗？他会不会也爱看金庸，看完了还自个编个《降龙十八掌》？

我好像看见他了。我在去鼓楼的校车上，见到他了。他站在金陵大学图书馆的下面，隔着短短的河，在朝我招手。一遍又一遍。光把他的鬃毛照得剔透，他的獠牙，就那样地，软了下来，像戳进心窝的拳，像脚丫下面拂过的鱼尾。他在朝我招手，他说他会长出五根手指头的。就那样地，朝我招手。就那样地，软了下来。

这件事，只有我和老傩知道。老傩是谁，他是我无血缘的叔叔，也是我无学籍的老师。他在鼓楼小粉桥卖馄饨。他的馄饨可丰富了，肉、蛋、虾、蒜末、葱花、辣油。我经常一个人在鼓楼的梧桐树下散步，树叶发芽了，我会去吃一碗；树叶茂盛了，我会去吃一碗；树叶凋落了，我也会去吃一碗。老傩说，树见多了人，就有了人的魂。人见多了树，心里也会长出果实。我问老傩，你为什么不去写诗？老傩说，诗人爱吃馄饨，画家爱吃馄饨，你们学生也爱吃馄饨。这样也就够了。我又问，老傩，那你以前是诗人吗？

老傩没有告诉我。就像他说的，阿要辣油啊？有些问题不需要答案的。比如中学同桌为什么辍学了，多年的闺蜜为什么再无联系，第一次爱上的人为什么选择了她。我们就在这样的世界活着，这是恩赐，也是救赎。想到这，我会和老傩多要一点辣油。老傩他不介意的。我也无须上心。

"你为什么不下车呢？"老傩问我。

"我怕。他肯定不认得我。那么多人呢。怎么可能认得我。我个头不高，脾气不好，长得不漂亮，也没什么才艺，商场的衣服太贵，下决心买的化妆品又不会用……"我越说越沮丧。碗里的馄饨被筷子搅着，像一只只雀跃的白鲸豚，朝着它们自己的日出去了。

"你为什么不下车呢？"老傩又问我。

"我怕。他肯定不爱我。那么多人呢。怎么可能爱我。有个头高的，有温柔懂事的，有美丽的，有才华横溢的，有家境好的，有会打扮自己的……他为什么要来爱我呢？我凭什么要他来爱我呢？"碗里的白鲸豚沉下去了。日暮时分，上帝正着手准备万物的置换。

老傩没有说话,端来了一提辣油。我洒了一点,又洒了一点。

也许没有我的回应,野猪先生不出现了。我身旁空着的,依旧空着。我的舍友出去实习了,很长一段时间才会回来,对角的床上铺满了灰。我的学妹出去做交换生了,法国的一个大学,半个学期玩遍了欧洲。图书馆里,温热的沙发座椅告示着到来与离去。有时候,指尖热了,骨节却觉得冷。人就是这么奇怪的东西,凑近了蕴热,离远了难免感伤。突然间,我像是退化双手,四肢齐长,攀树挂壁,长出鱼鳞,冷暖自知。

我还是喜欢去后山。学校保安部拉起了警绳,我跨过去。有那么一瞬间,我想我是奔向我的爱去了,我想我是奔向秋日的丰饶、白色云塔的房间去了,我想我是奔向一扇扇被风吹开的窗子去了,我想我是奔向初熹的欢笑、雪野的地平线去了。我要变得透明,我要变得忠贞。后山的小径变得辽阔许多,两旁的树明明郁郁。野猪先生在那边,他不会只朝我挥手的。他敞开了他的怀抱,他说他看见我了。他说,无论今夕与他时,无论前路多么渺茫,请不要忘记这一刻。在这个宇宙,活着的时间只是刹那,我们都会沉寂,会挥发。请不要忘记这一刻。请不要忘记,你是孤独的,你是茂盛的。

云朵低低地垂着,像婴儿的手。我想抓住它的食指,我拼命地爬着,我拼命地向上。我深知,有些东西不会为你停留。但我想握住那只手。对角的舍友说,还不睡,你干吗呢。小我一届的学妹说,外面可好玩了,你干吗呢。图书馆的那些男生说,有沙发有无线有水有空调,你干吗呢。对呀,我干吗呢?我们干吗呢?既然生来直奔死去,我们干吗呢?

野猪先生还是太害羞了。西南角的梅花开了又谢,月亮圆了又弯。我的野猪先生,他肯定在刷他的獠牙,从最里面到最外层,从白白的牙釉质到深深的牙髓。他还要洗自己的鬃毛,擦亮自己的肚子。他太讲卫生了。没关系的,真的没关系。从山脚走向山坡,我张着自己的双手,从山坡走向山脚,我把双手拢在嘴边,轻轻地说:没关系的,真的没关系。云斜了过来,鸟雀裁了过去。你总会听见的。

那一段时间,微博、朋友圈、论坛里,全是关于金大野猪的消息。到了课堂,教授也会拿野猪打趣,野猪的习性、野猪的生物构造,以及野猪的烹饪方法。我听着听着,视线转到了窗外。那朵云像你,那朵云也像你。也不知怎么了,满大街都是野猪先生。烁亮的獠牙,光滑的鬃毛,雄壮的肚子,他说他今天染了蜡梅香,出来约我看月亮。

舞台剧演出实践课的珍老师说:"转眼到期末了,我们不设试卷,就让大家排一个戏剧,根据排练、演出过程中大家的表现,珍老师给大家评分。"我知道,珍老师本来不姓珍。我不知道，珍老师为什么姓了珍。珍老师说："时间不多，我们就定一个简单的戏剧，《爱丽丝漫游记》。这是基础戏剧，大家都必须参与，你们会很棒的。"

也就是那个时候，我开始努力忘记野猪先生。野猪先生的眼睛很亮，黑匣子剧场的灯光更亮。野猪先生有惊人的力气，同学们搬运道具也毫不费力。野猪先生还会讲冷笑话，剧场的空调却让人感觉温暖。也许时光就是这样，它并没有让我们失去什么，却教会了我们去放弃一些东西。

一切准备就绪后，珍老师让我们竞选演员。我不会跳舞，五音不全，更不会弹吉他。看着同学们上台展演才艺，我默默低下了头。珍老师说，每个人，每个人都要上台。这不是给老师的机会，这是给你们自己的机会。不要怕，请给自己的手一个机会，给自己的嘴巴一个机会，给自己的心一个机会。突然间，我想起了老傩。有一次，我在他的摊头吃馄饨，来了两个男孩。一个男孩醉了酒，另一个扶着他。那个醉酒的男孩，手里还握着一瓶酒。另一个对老傩抱歉地笑着：他老是这样，请给我一碗馄饨。老傩放下汤勺，走了过去：放下他，请你放下他。男孩有点不解。老傩说："要亲吻大地的人，就不必捂住他们的嘴。要拥抱风的人，就不必禁锢他的手。大地和风，比人活得还要长久，何必哀此生之短暂呢？"

想着，我从书包里掏出一本书，《里尔克诗集》。老傩说他暗恋里尔克很多年了，最喜欢他的《秋日》。主啊，是时候了。

每当馄饨起锅、汤勺捞底时,我都能听见他说这句话。我也打心眼喜欢他说这句话。主啊,是时候了。我们都曾盛极一时。

"……就醒来,读书,写长长的信,在林荫路上不停地,徘徊,落叶纷飞。"

也许是因为我的《秋日》诗歌朗诵很成功,珍老师上前,拥抱了我。她说,请从林荫路上走下去。我也抱住了珍老师瘦弱的身躯。她的身躯像一把骨制的剪刀,却对着我收起了刃。

天气预报说,未来半个月江宁将有大雪。我想大雪后,就更难见到老傩了,雪化后,我们要期末考试,离开学校了。江宁这边的冬夜非常冷,又闪烁着晶莹的光芒,远处的建筑宛如江面上涌起的浪花,只要眼睛稍微不注意,我们面前的世界就融化了。我开始喜欢去鼓楼空走一圈。没什么考试要准备,没什么活动要参加,没什么资料要去盖章。就这样空空地走,回来时,身体里长满了梧桐叶。

老傩还是一样的繁忙。他忙归他忙,我逗他的狗。我不知道它叫什么,只知道是老傩把它救活的,在一个雪天。老傩"嘘"一声,狗就过来了。老傩说,不要爱一个事物的名字,重要的是本身。狗很乖,漫步在鼓楼校园里,到点了就回来。我常带点火腿热狗给它。

野猪先生不理我了。馄饨的热气扑上来,我呛得要出泪了。他躲到山里了,天太冷了。眼泪坠在怀里,像红黄橙绿的霓虹小灯。我掐灭一个,另一个熹微地闪着。狗跑了过来,把脑袋搁在我的膝盖。我感受到了它的温度。野猪先生也有温度,我也有。屋顶的棚子,生锈的水龙头,放在浴室深处的肥皂一角,都有自己的温度。有人发光,有人残喘,有人爱上了终将离去的雪人,有人甘愿做渡河的扁舟。而此时此刻,我的膝盖成了温度的桥梁,给自己的手一个机会,给自己的嘴巴一个机会,给自己的心一个机会。

"老傩,你知道吗?我演树。"我对着狗喃喃道。老傩正在漂汤,把锅里的浮沫撇去。一勺一勺,汤沫溅落在地,呲啦声声。老傩,是时候了,你不该愧首生活。

"想想也挺奇妙。我喜欢在树下散步,如今就要成为树——爱丽丝漫游的一个背景。爱丽丝可漂亮了,兔子先生穿着华丽的衣裳,柴郡猫有金穗般的胡须。疯帽子的戏份很多。白皇后、红皇后,都请来了造型师,给她们做头发。我是树,背景里的一棵树。我朗诵,在林荫路上徘徊,而我成为了徘徊的本身。"碗里的白鲸豚一个个沉下去了,拥抱在一起。大海有那么大,永远游不到尽头,你们觉得累吗?我放下了碗筷,从随身包里掏出十块钱。十块钱是石青色的。加上一张紫菌色的五元,三枚光亮的镀镍硬币,一枚金黄闪闪的五角,我就可以给你买夜宵了,野猪先生。

"树也是重要的,"没走几步,老傩的声音在我背后响起,"树见多了人,就有了人的魂。人见多了树,心里也会长出果实。就像我，诗人爱吃馄饨，画家爱吃馄饨，你们学生也爱吃馄饨。馄饨可以有各种形状，树也可以。树可以有各种性格，馄饨也可以。不要认为爱丽丝有多伟大，她永远没法过没有树的生活。"

接下来的十天里，我套着厚重的树皮衣，面无表情地站在舞台上。珍老师让他们走过去，他们走过去。珍老师让他们哭，让他们笑，他们就哭，他们就笑。一切都很顺利。我站着，用两条腿站着。他们演着，用自己的春夏秋冬演着。白天排练结束，我早早地坐在宿舍，开始看《人类死刑大全》。猫鼬、斑鬣狗、平原斑马、鲯鳅、灰冕鹤、单峰驼、长鼻猴、二趾树懒、马来貘、疣猪……我们在用各自的方式死去。他们在用各自的方式活下去。

珍老师来电话了，说想和我散散步。我有些不明所以，还是赴了约。珍老师约在金大最外延的路上，层层落叶。我一眼就看到了她。瘦小的骨架，白色的羽绒服，红色的围巾，花色的棉鞋。她在看着一棵树。晦暗的天色在她的脸上打了一层晕。一瞬间，我感受到了她的温度。她是那么瘦小，像一只瑟瑟发抖的绣眼鸟。可她是有温度的。我能感受到，她哭了，笑了，爱了，起身了。在这个孤单的宇宙里，请不要忘记这一刻。

"我觉得，作为一棵树，你并不快乐。"珍老师对我眯起眼，眉间颦蹙。

我低下头，琢磨着棉衣的衣角。

"我从来不会去忽略一棵树。一年四季，它多么努力啊，发芽、长叶、开花、结果、落叶、睡去，来年又一脸欣喜地发芽、长叶、开花、结果。你听过树抱怨吗？我倒认为人最高的奖赏就是成为一棵树。无怨无怼，自在欢喜。"

珍老师对我讲了很多。她在讲话时，我一直望着脚下这条路。很长很长，坐校内车还要 10 多分钟。我的野猪先生，他在这里走过吗？他在这里爱过吗？他会不会也和我一样，不说话，低头赶路？他的獠牙需要伞，他的鬃毛需要梳子，他的肚子，需要一双温暖的手。想着想着，我笑了起来。我拥抱了珍老师，低声说："老师，你为什么改了姓？"

珍老师沉默很久，又朝我笑起来，眼睛明亮："孩子，有些答案并不重要。"

野猪出现的风波还没有过去，虽然一度成为全国的热搜，金大的学生们被一则新闻掳去了：一个变态男子，在鼓楼校区开车，肆意虐杀小动物。一时间，金大小百合、朋友圈、课上课下，愤怒的师生们集体讨伐。

老傩的摊头还是那样，学生情侣对桌而食，几个哥们叫了老大一碗干切羊肉，捧着酒瓶吆喝，一群应届生们红着眼圈吃馄饨，互相不提珍重。零零散散的客，比如我，择了一处窄地，细细地喊着："老傩，一碗馄饨。"

馄饨端上来了，老傩又拿来了辣油。突然间，我感觉到了不对劲。老傩换了一副手套。毛茸茸的，有着自己的温度。我想起了屋顶的棚子，生锈的水龙头，放在浴室深处的肥皂一角。它们都在默默地发光发热，温暖着自己的宇宙。

"老傩，它呢？"

老傩没有说话，往我的馄饨碗里加辣油，洒了一点，又洒一点。

"死了？"良久，我才发出这两个字。

"就算是被杀了，你也不可以这样！"我猛地站起来，馄饨碗打了个咕噜，咣当咣当地响着。我端起了馄饨碗："你说，你把它做成了馄饨了吗？"

老傩望着我，我也望着他。周围一切都静了下来，情侣们握起了彼此的手，哥们也醒了酒，应届生们眼圈又红了。

"你就告诉我，你把它做成了馄饨吗？"

定了好久，空气也倦了。馄饨锅里的白汽升起来，像巨大的手掌，把人间的爱与恨，完全的杂糅在一起，捏成全新的形状。

我闭上眼睛，挥手把馄饨碗掀翻在地。白鲸豚搁浅了，大海也碎了。做完这一切，我眼泪都没有擦，转身就走。

背后又响起老傩的声音：成为的过程何尝不是一场杀戮呢？

我没有听见。什么我都听不见。我的野猪先生，它有金黄的蜡梅，浑圆的月亮，尖锐的獠牙，闪亮的鬃毛，雄壮的肚子，但他来见我，会带刀吗？

我依然演着树，寂寞的、挺拔的。我依然看着《人类死刑大全》，死了的、活着的。到了夜里，繁星挂满了天空，我看不见。我只能看见白色的天花板，还有几处水迹。闭上眼，我感觉宿舍的床变成了小舟，漂浮在漫长的大海上。我要奔向你。无边无际的星空，似有若无的朝云，清亮的夏水，冬月的寒霜。我要奔向你。璀璨的伤口，终生服役的自我，罔顾生死的勇敢，暮色里滑落的脸庞。我要变得赤裸，我要变成无休无止的涨潮。野猪先生，请不要忘记这一刻。无论今夕与他时，无论前路多么渺茫，请不要忘记这一刻。在这个宇宙，活着的时间只是刹那，我们都会沉寂，会挥发。请不要忘记这一刻。请不要忘记，你是孤独的，你是茂盛的。

他们说江宁校区里野猪被找到时，天色才亮了两分。这样的天，黝黑里亮着白，像冒了尖的鬃毛。我瞧了一眼天色，又沉沉地睡过去了。梦里，我的野猪先生抹了好大一块发油，鬃毛擦得锃亮，獠牙套上了乖巧的牙套。月亮下，他在发光，缤纷闪烁，一时光绝。

我的野猪先生，就那样躺在那里。没错，他有獠牙，有鬃毛，有肚子，还有满身蜡梅香。他躺着，在等我。有人说，是为了学生安全，公安部门特地过来捕捉野猪，失了手；有人说，是鼓楼的那个变态男子觉得不够过瘾，一路开车到江宁来追杀野猪；有人说，这头野猪眼神不好，夜里出来捣乱，一头撞上了电线杆。人群越围越多，我挤不进去了。我知道，野猪先生死于心碎。在我没见到你的时候，我喜欢爬到半山腰，靠着一块红土垛子，望一望天。有时从早望到晚，有时望着就瞌睡下去了。多数时候，我会看见云。鲸鱼一样的，田野一样的，椋鸟一样的。这时，我渴望成为我撒的谎。我渴望成为我喝下去的水。我渴望成为万物的脚，黑色的潮汐，两把一模一样的匕首其中一把。我说来说去，云朵变来变去。现在，我们终于见面了。云朵缱绻，告慰万灵。人群的海擦拭我的眼睛。我说过的，我有去失去、再成为的准备。

天气预报说的大雪，没有停止它的脚步。漫天的大雪，覆盖在风上、大地上、各色各样的建筑上。说来也巧，前一秒的雪落下，后一秒的雪就赦免了它。白色一片。万物安歇着，缄默着。说来也巧，这样的天气，来一碗金陵小馄饨，真是绝配。

我起了早，校车司机说，今天只有两班，早一班，晚一班，明天就冻住了，不发车了。我看着窗外的树，自顾自点着头。白雪覆盖在树上，一层一层的。雪堆出了树，堆出了山，也堆出了无数个我们。突然，我很想看看雪落在动物园的样子，那才是我们最真实的人间。

远远地，白色的雪野里，升起了白色的雾气。白色交叠着白色，白色宽恕着白色。一个墨蓝白边的人影，正在那边守着自己的孤岛。

"老傩，我们的《爱丽丝漫游记》要上演了，这是门票。我真心希望你能来看。"

老傩看着我的眼睛。馄饨锅热热闹闹的。

我拍打着凳子上的积雪，扫干净了，坐了上去："老傩，我饿了。"

老傩转身，开始用汤勺撇浮沫。呲啦呲啦。

"老傩，你知道吗？在排练中，我认识了许多人。也不算刚认识。他们都很有趣。有一个姑娘，说要去后山采集蜡梅，做世界上独一无二的蜡梅香水。我很感兴趣，申请加入了。还有个男孩，他说他加入了动物照相社，专门去给动物照相，你说有不有趣？反正我很感兴趣，也申请加入了。老傩啊，你真想不到，我也真想不到。"

老傩的手没有停下。漫天的雪落在摊头的棚子上，散发着自己的温度。

"老傩，你知道吗？六岁时，我外婆得了重病。家里花光了积蓄，医生结束了对我外婆的治疗。我外婆变成鸟飞走了。可是，老傩，你知道吗？上个学期，我回了我的小镇，拍微电影。我去了医院。那个医生帮我开门的。他也老了，老得不成样子了。老傩，你知道吗？他变成了一只行将就木的老雀。铁门吱呀一声开了，光照射在他的羽毛上，银白的。这时候，我才发现，每个人有每个人的苦难……"

说着说着,冰凉的液体坠落下来,像银白的霓虹小灯。我掐灭一个,另一个熹微地闪着。我再也止不住了,抱着头痛哭起来。

一碗端端正正的馄饨,被老傩放在了我的面前。

"人生不过是无奈与侥幸之间的第二选择,"老傩坐在了我对面,"主啊,是时候了。"

摊头的棚子呜咽一声,一大块雪落了下来。我肩头负了雪,对面的老傩开始不真切起来。他的牙齿开始外露,鼻子开始拱起。这时候的鼓楼多么美丽啊,白茫茫中,有峡谷,有大海,有猫鼬、斑鬣狗、平原斑马、鲯鳅、灰冕鹤、单峰驼、长鼻猴、二趾树懒、马来貘、疣猪,也有我们。大雪下,万物都在相互体谅。

"请不要忘记这一刻。"老傩在消失前,对我说了最后一句。

我抹开了脸上的泪:"我也有獠牙,有鬃毛,有肚子。我有獠牙,就不能亲吻你。我有鬃毛,就不能拥抱你。我也受过伤,我也尝试靠近过别人,只得到一声声训斥。这样的我,你还会来看我吗?你还会来接近我吗?你会不会像他们一样,看到了我,然后消失不见?"

谁也不知道老傩去了哪里。馄饨摊和雪一起化了,关于老傩的记忆,也在学生们脑海里化为透明。我想老傩离开后山了,他去寻找他的自由去了。我们的演出很成功,蜡梅香水也造出了半瓶。动物照相社有了新活动。《人类死刑大观》结尾说：最优美的刑罚，永远是不战而逝。我想念那些小动物们。猫鼬、斑鬣狗、平原斑马、鲯鳅、灰冕鹤、单峰驼、长鼻猴、二趾树懒、马来貘、疣猪……我们用各自的方式失去彼此。后山寂寞了一阵，又来了狐狸小姐、狼哥哥、老虎大叔。

离开学校的那一夜，我真的听见老虎在咆哮，就在后山。我听见了他的悲伤，他的脆弱，他的心碎。那是别人的老虎，那也是别人的大雪。如果我有幸遇见了他们，我会说，一块二毛五的热水，十八块五的夜宵，都比不上一碗金陵小馄饨。要说小馄饨，就得去鼓楼。去了鼓楼，就要去梧桐树下走走。走累了，就去找老摊吧。那里曾有一次动物逃逸事故，永远成为了那透明的、忠贞的不在的在。

南京花灯

"有人要来了。"于嬛对着镜子说。镜子里也有一个于嬛。这是一种很奇怪的现象。把这面镜子折叠、折叠,再折叠,里面会有多少个于嬛呢?多少个于嬛,都会对着镜子说同样一句话。于嬛可算明白了,来的人不止一个,而且全都是自己。

毕业以后,于嬛一直待在南京。这里挺好,人,灯,车。饿了,地铁站能管饱。无聊了,有新百、德基、金鹰。寂寞了,还有个说话的人。于嬛不知道,要不要称他为"男朋友"。他叫孙成,在浦口工作,那是一家生物研究所。地球上的生物太多了,他研究个没完。确实嘛。于嬛对自己说。天上飞的,水里游的,地上走的,都值得被细细研究。微生物被蚯蚓吃,蚯蚓被鱼吃,鱼被猫吃,猫又被微生物吃,这个世界如此奇妙。于嬛能理解这点。有一次,孙成来新街口办事,他们俩一起吃了顿牛肉拉面。于嬛吃了一半,孙成吃了整碗。两人坐着,静静地对视。孙成的胡须长了点，脸上的肉也多了点。但于嬛不想说。不是怕孙成不高兴，而是没有说这些的必要。孙成坐了一会，问于嬛："你知道我们会被什么吃掉吗？"

有可能是非洲的猎豹，有可能是海里的巨鲨。不过这些都太遥远。你去了非洲，不一定见得到豹子。你跑上了轮船，人家鲨鱼也不一定对你有兴趣。于嬛想了想，没吭声。要是被狗被猫被微生物吃了，活着还有什么期待。孙成看着她，看得于嬛有点热。要是把她点着了，加料，烹煮，盛锅，孙成会从哪个地方开始吃？这是一个问题。于嬛觉得自己没有看着那样好吃。

孙成并没有告诉于嬛，他们会被什么吃掉。于嬛也没问下去。两个人在牛肉面旁坐了一会。面汤冷了，飘着斑驳的油花。于嬛搅了搅汤，孙成打了个喷嚏。打完喷嚏后，孙成问她去不去看烟花。于嬛说，可以。烟花像拉面一样延展着。于嬛觉得无趣，但还是说好看。孙成说："下次我们去吃咖喱饭吧。"于嬛点点头。

咖喱饭有点咸。于嬛也没说，把自己碗里的鸡肉挑给了孙成。后来，他们又去吃了米线、酸菜鱼、麻辣香锅。于嬛觉得酸菜鱼很酸，麻辣香锅很辣。到底怎么酸，怎么辣，于嬛没法和孙成说。好在，孙成也不问，默默地舀一勺鱼汤，滋滋地啜吸着。孙成的咂嘴声让于嬛觉得很安全。要是听一辈子的咂嘴声，于嬛觉得也无妨。孙成会咂嘴，她也会咂嘴。真是一段稀松平常的好时光。

前几天，孙成告诉于嬛，有人要来了。于嬛"嗯"了一声。她没问是谁。每天都会有人来，有人走。孙成又说，元宵节要到了，让她和他一起带那个人看花灯。于嬛又"嗯"了一声。电话那头的孙成似乎很满意。这也奇怪，人和人相处久了，就能远距离听到他的微笑。

于嬛再次看向镜子里的自己。这里是嘴，这里是胳膊。这些器官让她感到陌生。难道这些真的是自己的吗？也许她只是这个身体的宿主。她可以相信，她的所有意识，不过是寄居在这些人体器官上的光子信息而已。她可以在这儿，也可以在那儿，她可以在这个地方，也可以不完全在这个地方。就像把这些镜子折叠，谁能分清哪个才是于嬛呢？即使分清了，谁能证明这一切？所以，那个来的人又是谁呢？

到了元宵节，夫子庙热闹了些。人们拥簇在路口，举着手机。路牙边贴着二维码标签。只有扫了二维码，报名成功，才有资格进入夫子庙。于嬛扫着，却愣在了人群中央。她感觉自己就像待宰的肥猪，盖上了"检疫合格，准予屠宰"的水印后，便可以参加一场缤纷红火的盛宴了。孙成用胳膊肘捅了捅她。她知道他要说啥。不过孙成没说，他也知道她知道他要说啥。"叮"，手机程序完成了。孙成在前面走着，于嬛在后面跟着。要是身后多了个小人儿，也不是什么麻烦的事。男孩走得快些，女孩走得稳些。于嬛看向马路对面。那里有无数头猪，大猪，小猪，公猪，母猪。猪尾巴后面，串着一圈的猪仔。于嬛闭上了眼睛，深吸了一口气，享受着血水淋满全身。

"你知道，'神舟五号'飞上太空时，杨利伟听见了敲门声吗？""咚咚咚"，于嬛勾着食指，敲打空气。

"那不挺正常吗，人家总要串串门的。"孙成说。

"我说的是在太空，地球外面。"

"那更正常了。"孙成停下脚步，看着于嬛。"你说，把你抛在地球外边，你不都寂寞疯了吗？正巧杨利伟上来了，瞅对眼了，过来知会一声，日后好相见啊。"

于嬛觉得孙成说得对。一个人在外漂泊，多一个熟人多一条路，哪怕不是老乡，也四海之内皆兄弟啊。于嬛点点头，挽住了孙成的胳膊。两个人并排走着，像飞行器某种成对的器件。

到了夫子庙正门口，警察要他们出示门票条形码。于嬛和孙成掏出了手机。

"他们在等谁呢？站着半天。"于嬛问。

"等坏人。"孙成说。

"坏人？怎样的坏人？"

"非法从事侵害他人利益活动的人类，就是坏人。"

于嬛若有所思地点点头："那你在等谁呢？"

"我在等我们都在等待的一个人。"孙成从传送带上拿走了背包。

"那我们在等谁呢?"于嬛又问。

"我们在等一个人物。我写的书里的,一个很重要的人物。"

孙成的这本书,于嬛也听他说过。玄幻吗?武侠吗?现实题材?先锋小说?孙成都只是摇头。于嬛想,每个男人,都会需要一本自己的书,一本不被他身边人所了解的书。孙成写完了,她不会和他要的。要是孙成签上了他的大名,送到她手里,那她也只会客客气气地摆在床头柜上,再放个小夜灯。深夜,他们俩都睡了,小夜灯静静地发光,将孙成的书每一页都照亮。

"那我们在哪里等那个人?"于嬛问。

孙成没有回答她,急匆匆地涌入人群。

"你想吃什么?"忽地,孙成转头问于嬛。

关于吃什么,于嬛并没有计划。在和孙成相处的一年多里,孙成想吃火锅,那她就去吃火锅。于嬛想吃甜品,那孙成就去吃甜品。似乎人这短短一生,都在努力活得合群。在这地球上,只要有两个人成了朋友,那其他人就会想,为什么我就不能?所以,就有了群体,有了社会,有了国家。这么说,我们追求的名利、婚姻、仕途,都是对祖先生活的模仿。想到这,于嬛有些不知所措。如果活着是顺势而为,那无数日子的重复,也是对无数生命的重复了。

孙成找了一家鸭血粉丝店。两人各自坐着。手机的荧光让孙成看起来有点不真实。

"你说,是先有秒针呢,还是先有时针?"孙成问。

这是一个好问题。于嬛沉默了。鸭血粉丝店里挂着一个电子时钟。如果人类先发明电子时钟的话，就不会有这样的疑问了。不过，于嬛觉得，秒针和时针，都是不存在的东西。人类为了丈量自己的生命，才有了这些虚拟的指向性符号。于嬛去过工地。那时，她有个工程师男朋友。钢筋、水泥、塔吊，她的工程师男朋友说，按着设计图，把砖石摞起来，就成了。到时候，他能拿到一大笔钱。于嬛还没见到那笔钱，就和他分手了。这也导致了于嬛不知道他拿那笔钱做了什么。也许交了个房子首付，也许买了辆车，泡妹去了。去年情人节，工程师还给她打了个电话。她没接到，就算了。她不喜欢运气不好的人。不过，于嬛还记得工地里的钢筋水泥。一个 x 轴，一个 y 轴，一个 z 轴，就组成了一个空间。宇宙是一个看不到边际的空间，时间只是标记人类位置的数轴而已。它让我们有了计算世界的方法。所以，时间只是一卷量尺，而秒针、时针只是上面的刻度。对于刻度，我们不好说谁先谁后。就比如 1 和 2，到底谁先谁后呢？宇宙里，处处都有 1 和 2，还有 3 和 4。这个问题，于嬛和她的工程师男友讨论过。工程师问她，女人是先有乳房，还是先有阴道呢？他认为，可能是先有阴道，要先生出来，才能哺育。于嬛觉得不然，阴道只是一条道路，而乳房是一个房子，去房子前必须得走上一段路，可是，没了房子，粒子还有穿越空间的必要吗？工程师摇摇头，说于嬛不了解走路的快意。于嬛摇摇头，说他不理解宇宙的构成方式。也许是那个时候吧。

于嬛老是这么想。那个时候，就注定了，宇宙观不同的人，不能在一起。

"我觉得吧，还是得先让她多经历些磨难。"孙成还在自言自语。鸭血粉丝汤已经端上来了。粉丝顺着孙成手里的筷子滑了下来，溅得他满袖口的汤水。"你说怎么样：父母病故，出了车祸也是可以的。恋人劈腿了，朋友也背叛了她。她还有一屁股债务……"

于嬛不明白，一个研究生物的人，居然写起了小说。不过也有相似的地方。生物研究生命实体的起源，文学研究生命虚拟的奥秘。等忙完了这阵，她想出去远游一次。可以是日本，可以是澳门，也可以是西藏。在她大学那会，宿舍里的三个姑娘约着去郊外扎营。还是于嬛救了她们。她们出去了三天，毫无讯息。在一所二流大学，三个人消失三天，并不是件奇怪的事。但于嬛报了警。警察在一座山洞里找到了瑟瑟发抖的她们。她们说遇到了野人，三米高，全身毛，走起路来，一个脚印就有脸盆大。她们被送回了学校，和一群没见过野人的学生一起上课、逃课、写论文。于嬛请她们吃了顿饭。她问，为什么不带她一起去。左边那个说，她拿到世界五百强公司的实习机会了。对面那个说，她父母给她交了南京房子的首付。斜对面的那个说，她男朋友说他们一毕业就结婚。然后，她们异口同声地说："我们需要你活着。"直到今日，于嬛都想不明白，自己活着，有那么必要吗？

"你说我这样设置情节,好不好?"孙成打断了于嬛的沉思。

"嗯嗯,好。"于嬛应和着。

"你在哪里等那个人?"于嬛又问。

"这样也不行。"孙成长叹一声,瘫在了椅子上。

"你想吃臭豆腐吗?"孙成又坐了起来。

于嬛点了一份榴莲臭豆腐。味道好。但她也没说出口。因为孙成也吃着,如果他觉得好吃,他就会说。如果他觉得不好吃,那她说了也没什么用。

孙成什么都没有说,丢了臭豆腐盒,走入了对面的伴手礼店。

这个要一盒,这个要两罐。孙成尝了些果干、松塔,于嬛喝了花茶。门口有打包伴手礼的快递员。孙成买了些花茶和果干曲奇。于嬛看着两个包裹,一个寄给她,一个寄给他。一个人将一个包裹寄给自己,这难道不是一种孤独吗?在于嬛小的时候,她曾经坐在秋千上等过一个男人。等了一下午。那个男人说,回家拿糖给她吃。她信了。后来,她再也没见过那个男人。她并不讨厌那个男人,但她讨厌童年里充溢着整个下午的孤独。没有人找她跳绳,也没有人找她踢毽子。她就在等。等着等着,她就这么大了。等着等着,她又把曲奇、童年、后面的人生,再次打包,寄给了未来的自己。这是一种惩罚吗?于嬛不敢细想。

离开伴手礼店,于嬛看见了一棵行道树。树两端站着武警、消防兵、人民警察。他们直挺挺地站着,不动丝毫。

"警察哥哥,你们是在等外星人吗?"

这些真人做的人偶,并没有回答于嬛。于嬛伸出手,在他们眼前晃了晃。他们的眼珠是能动的。这让于嬛兴奋得叫了起来。

"怎么了?"孙成走了过来。

"你要等的人是他们吗?"于嬛指着他们仨。

孙成拉着于嬛准备走。武警拦住了他们:"这边是单向行道。"

于嬛嚷了起来:"要是我们原路返回了,岂不是又出了夫子庙?"

"这边是单向行道。"武警再次重复。

人群涌动。于嬛走着,紧紧贴着孙成的身体。

"孙成,你告诉我,你要等的人,是你的前女友吗?"于嬛轻声问。

"要是前女友,还会带你一起来吗?"

"那就是你的初恋,相思十年,再见一面?"

孙成的头摇成了拨浪鼓:"我要找我小说里的那个人。"

"我不信。"于嬛嘟起嘴,很快又瘪了下去。她觉得,这是嘟嘴的时刻,但不是对孙成嘟嘴的时刻。有很多次,于嬛觉得孙成有解剖她的冲动,比如吃着牛肉面,于嬛会想起自己的两颗肾脏。是不是也如此红润？可能褶皱没有这么多，口感也不同。还有孙成抚摸她身体的时候，宛如一把尖锐的手术刀，在于嬛的身体上游走。还是疼而不见血的那种。于嬛战栗，却又沉醉于这种快感。如果于嬛死在了孙成的手下，她希望孙成能把她的皮完整地剥下，做成一把琴。想象着，自己死了，还能和活着的人产生共鸣，这般的死亡也不亏。

"我也在等一个人。"于嬛说。

"你在等谁？"

"小时候，我一直在等待一个画家。我希望他能画出他自己在画画的样子。你说一个人是如何描绘自己在创造时的模样呢？这种描绘本身就是种创造。后来我长大了，才发现这是不可能的。人在创造一样东西时的思虑、考量，远比他最后呈现的，要多得多。这也让我陷入了死循环。人如何在创造前后，保持平衡呢？这种平衡有必要吗？就像画家画画的手，如何让它不再颤抖呢？"

"这么说，你一直在等一个画家咯？"

"不。我在等待自己的第一个孩子。你也在等待。这个孩子也许是你的作品，也许是我的一盆花、一只狗、一项事业。前半辈子，我用吃奶的力气生下了它。后半辈子，如果可以，我希望它能生下我，一个全新的我，一个完整的我。这才能让我感到，值得过这一辈子。"

于嬛垂首，看着自己的鞋尖。孙成不说话了。

人们在前方惊呼了起来。一辆载满了花灯的船漂浮在河面上。寂静的、沉醉的、婆娑的秦淮河，展露了它的温柔。不远处，是绿的山、紫的山、红的山，整座小山都缀满了霓虹灯。一柱烟花洒满了夜空，零零的，恍若星子，又恍若那些被抛弃的梦想。于嬛走上桥，扶着栏杆，深吸了一口气。三三两两的人聚了过来。花船近了，它像一块蓝蓝的天空。于嬛只想这么比喻。有什么比蓝蓝的天空，更让人感到幸福呢。在蓝天下，人们相爱，思念，又别离。在蓝天下，我们遇见彼此，相拥在一起，谁也没有丢下手里的匕首。这是怎样的世间。我们又活过了怎样的生命一程。

"我们去看花灯吧。"于嬛对孙成说。

"我见过一个自杀幸存者。"买完门票，孙成对于嬛说。"他没有我写得那么不幸。他父母健在，家里没有破产，有恋人，朋友也有那么几个，事业还有些念想。但他还是很痛苦，他说，他不爱这个世界已经很多年了。在我认识他的两年前，他去卧轨了。他躺在铁轨上，躺了一下午。火车并没有来。铁轨两边是田野。天晚了，田野里传来了笛声。他眼泪就下来了。他对我说，活着便是等待火车碾过身体。你接受得了这样的结局，为什么你就接受不了这样的过程呢？于是，他起身，回到了人群中间。他知道，在铁轨上，火车不会特地来找他。而在人群中，永远会有人需要他。"

说完，孙成对着于嬛眨眼。

"这就是你为什么要写这本书的原因？"

"不不不。"孙成摇头，搂住了于嬛的肩膀。"我们总是期待成为和自己相反的人。相反的着装，相反的人生。我写这本书，是为了，我吃牛肉面、咖喱饭、酸菜鱼时，不仅仅是你在陪着我。"

于嬛缩在了孙成的怀里。这是她第一次为了他们的爱情而感动。她和孙成是在志愿者协会里遇见的。孙成去献血，于嬛去给残疾儿童上课。于嬛觉得这个男人不错，有爱心。孙成约她出来吃饭，她来了。他又约她，她又来了。就是这么简单。于嬛从来不问孙成他过去的事，孙成也不问她。他们是因为爱在一起的，哪怕爱的含义各有不同。

走入展会，一路缤纷着各色花灯，赤、橙、黄、绿、青、蓝、紫。还有一些没有确切名字的颜色。黛绿色的莲花，金黄色的星星，还有彤红色的廊门。于嬛握住了孙成的手。他的手是热的。这也让于嬛鼻尖一热。她想起了那些简单的日子。她感冒了，孙成让她多喝热水。她姨妈痛，孙成让她多喝热水。她累了倦了，孙成还是让她多喝热水。于嬛难免有埋怨。可仔细想想，这便是余生平淡的日子。我们年华耗尽，最好的后路，也是无限地靠近曾经鄙夷的事物吧。

"你说，是先有光，还是先有眼睛呢？"孙成又问。于嬛知道，他不是问她。他在问他自己："这是一个有趣的问题。神说,要有光。于是便有了光。照这么说来,是先有眼睛。可如果没有了光刺激眼睛,我们又如何明白眼睛的重要呢?或许,我们会认为,眼珠只不过是脸上的两个肿瘤。"

"这和你写的小说有关吗?"

"说不上有关系。但是我觉得,只有搞清楚了这些,我才能下笔写。"孙成趴在了石桥栏杆边:"我相信,今天会有人来的。不管他是谁,他在我的书中,都有举足轻重的作用。我可以给他一个家庭,也可以给他飞檐走壁的神功。这似乎取决于我,但其实取决于他,取决于他愿不愿意来找我。"

"这和你做的那些动物实验有关吗?"

"实验?我们本就生活在实验中。你和我在一起是实验,你去工作是实验,你来此人间活一趟,也是某种秘密的实验。你看看前面,水中、山上、树梢间,都是大大小小的实验呢。实验没什么重要的。重要的是灵感。你的出生是灵感,我的出生是灵感。怎么运用灵感,才是我们的一生。"

他今天会来。他是个怎样的人呢?于嬛勾着孙成的胳膊肘,又放下了。这个姿势让她感到不舒服。她以前问过孙成,为什么选择和她在一起。孙成说,因为他和她在一起,相处得很舒服。于嬛不知道,"舒服"是个怎样的界限。做个按摩舒服,喝杯温开水舒服,和一个人在一起,也舒服。看来,"舒服"可真是不起眼呢。可有些时候,人就图个舒服。

孙成放下了他的背包。出发时,于嬛只拎了个手提包。孙成却背了个硕大的背包。于嬽没问孙成背的是什么。既然要背着来,那就有背着的理由。这种事不必多问。如果多问了,可能就打破了"舒服"。于嬽知道这一点。而大部分时候,孙成也让她感觉到舒服。想必孙成对此也有所了解。

孙成的背包里,是满满一袋大小不一的石头。

"这个是我去西藏时带回来的。"孙成抚摸着一块青紫色的石头。"那里有蓝天、白云、青稞酒。我醉得一塌糊涂,倒头就睡,醒来时,我就枕着它。"孙成的指尖摩挲着石头的每一块筋络。一刹那,他把它扔进了秦淮河里。

"这是我去日本带回来的。北海道的,我觉得它的纹路像个人鱼。"孙成用食指描了人鱼的轮廓。"听北海道的老人说,那里确实有人鱼,还是吃人的。"孙成沉默片刻,又把它扔进河里。

"这是我去澳门带回来的,赌场旁边的幸运石;这是我去尼泊尔时带回来的,本来准备做个银饰,后来也忘了;这是我去法国时带回来的,埃菲尔铁塔旁的草坪里……"孙成说着说着,举起了背包,把包里的石头,一股脑倒进了秦淮河里。

于嬽没有说一句话。而孙成靠着栏杆,一截一截矮了下去。他哭了,泪水顺着脸颊流了下来:"这便是我。便是开心的我、悲伤的我、不堪的我、虔诚的我。他们都在一起。他们要回到他那里去。"

于嬽蹲了下来,捧住孙成的脸:"我们去找他,好不好。"

于嬛觉得，孙成要找的人，肯定是他的老情人。说什么写书，都是骗人的。就像现在，他们俩走着走着，孙成就不见了。不见了总有理由的。孙成开始躲着她了。于嬛感到有些心慌。仿佛有人把她仅剩的东西都抢走了，虽然这些东西都不值钱。转而，她又觉得释然。一个一无所有的人，和一个捂着钱袋子的人，想必前者才会更加勇敢，更加积极应对人生的磨难吧。

关于今晚，于嬛也见过这种等待。她上小学时，放学经过一家水族馆。水族馆里的水箱破裂了，13只鲨鱼被冲上了街道。它们张着嘴巴，眼神呆滞，等待着某个特定的人来救它们。于嬛绕了过去。如果当时，于嬛救了一只，那她往后的生活会被改写吗？当然是会的。起码今晚，她可以看到，孙成等的究竟是谁。

孙成依旧没有出现。

他们已经接吻了吧。于嬛想。

一个小孩窜了过来。

那可能是他们的小孩。于嬛又想。

花灯的光芒照耀着。一缕银色的光芒披拂在她的肩头。看着桥下水面映射出的那个女孩，于嬛感到了自身的不真实。也许，今晚只是余生平淡生活中的一个片段。于嬛可以拥有，孙成也没有说过要放弃。没有放弃，有时就意味着肯定。

于嬛抬头，看着变幻光芒的花灯。三角形的，花瓣形状的，蓝色妖姬形状的，都在此刻凝结成了人生恒常。她看着花灯，觉得光芒正奔向她，跑向她，涌向她。它们张开无数双手，热烈地拥抱自己。

一滴水珠落入了于嬛的眼里，很快地，三滴、四滴……

人们喊着，下雨了，下雨了，四处逃窜着。只有于嬛默默地走在雨中。雨珠大了起来，啪嗒，啪嗒，像是某种脚步声，孙成回来的脚步声。然而于嬛没有回头。她站在街角边，望着黑压压涌动的人群。他们的背后，是无限光彩的花灯，蓝的、紫的、红的。一个少年撞击了于嬛的背，又跑了。街角的小贩喊了起来："雨伞三十，雨衣十块！"人们拥了过去，纷纷掏出手机付钱。于嬛苦笑一声。孙成在哪里呢。他遇到的雨，也是于嬛此刻遇到的雨。他带伞了吗？于嬛带着疑问，走入了旁边的屋檐下。屋檐下站着一排的人，彼此间既不了解，也不想了解。

孙成一直想写的那本书，是什么意思呢？难道他要虚构出另外一种人生，一种他向往的人生，一种他本应该得到的人生？

于嬛苦笑一声，看着雨帘。突然，她觉得这场大雨并不真实。它是虚构的。在南京，在夫子庙，并不存在这样一场大雨。花灯是被虚构出来的，人群也是被虚构出来的。孙成等待的那个人，也是虚构的产物。

许是淋了雨的缘故，于嬛打了个哆嗦：不，谁能证明孙成的存在呢？这个孙成，也许就是自己虚构出来的吧？

一瞬间，于嬛被自己另一个念头吓了一跳：大雨是虚构的，花灯、人群也是。难道于嬛自己,不也是被虚构出来的吗?

于嬛抱紧了自己。屋檐檐角还在往下漏水。一滴水,落在了于嬛的脖子里,又顺着流了下去。于嬛感到吃力,又感到了沉静。大雨还在下着,模糊了天地间的一切。于嬛感到自己来到了外太空。悬浮,安静,孤独。

咚咚咚。

外面似乎有人。

美国熊猫

继续在陵大读研，是凌霄的第二个打算。至于第一个，凌霄不提，也没人知道。她的导师还是夏瑾。夏瑾今年四十有余了，他没有结婚，也没有女友。而一年中，总有那么些时候，女学生会跑到他家楼下大喊："夏老师！快下来！"惹得邻居艳羡不已。他们哪里知道，夏瑾没有手机。要找到他，除了飞鸽就是活捉。

有一天，凌霄在图书馆前面的河道旁，遇见过夏瑾。夏瑾专心地看着河水。凌霄问他看什么呢。夏瑾指着河中的黑翅白鹅说："熊猫，我在看熊猫。"凌霄看去，这只白鹅的喙是黑色的，翅膀也是黑色的。但她还是摇摇头："夏老师，这是鹅。"夏瑾摇摇头："你见过熊猫吗？"

没见过熊猫的人多呢。凌霄恰巧就是其中一个。这没什么好羞耻的。就比如，你从来没吃过甜甜圈。而甜甜圈总会在某个节点等你，比如二十二岁的生日派对，游乐场拐角的甜品店，夏日长廊里温柔的叫卖声。甜甜圈会以各种形式来到你的身边。大熊猫也是。回到宿舍，凌霄冲着镜子里的自己点头。谁会看到她曾看到过的熊猫呢？也许是四川人，也许是一起旅行的毕业生，也许是金发碧眼的美国女孩。看过一次熊猫的人，有百分之七十二的可能会再次见到那头熊猫。凌霄知道的。她见过那只鹅几百次了，谁也保不准它不是熊猫。

凌霄没有去吃她假想中的甜甜圈。有时候，甜甜圈一旦被吃掉了，它就不甜了。所以大熊猫将巧克力甜甜圈挂在了眼睛上、胳膊上、脚腕上。凌霄怀疑，哪一天，熊猫会吃掉自己的手和脚？毕竟没有人能抵挡巧克力的魅力。凌霄与镜子里的自己道别。以后，她会出现在别的镜子里。这个镜子里的自己，和那个镜子里的自己，是不是同一个呢？凌霄没法把握这个问题。也许她早就和镜子里的自己互换肉身了，只是灵魂还未察觉。

熊猫台灯还在桌子上。按住它的肚脐眼，灯光会从它的眼睛里投射出来。这是凌霄的朋友彭雀送她的。后来，彭雀去美国留学了，熊猫台灯也坏了。凌霄没有扔掉它。也许，彭雀回国了，台灯会再次将自己点亮。凌霄一直将它放在那里。它曾照亮了这间屋子的某个地方，将来还会继续照亮。

在陵大，总有那么一部分人，对熊猫很痴迷。有那么一阵子,凌霄能见到熊猫狗。它的脚和耳朵都被染黑了,眼瞳也黑得出奇。凌霄包里备好了火腿肠。然而,熊猫狗从出现到消失,都没能吃上一口。陵大小百合上说,它被人收养了。后来又说,它跑到体育学院学健美了。最后说,熊猫狗被不良商贩逮走了,要么成了里脊肉,要么成了羊肉串。

凌霄在校园里寻觅了半个月,线索全都指向了门口的烧烤店。是有那么一点愤怒的。毕竟熊猫是国宝。哪怕是个假冒的熊猫,那也算是个校宝。不过,小百合上的帖子热度很快就过去了。选课攻略、打分黑幕、辅导员和学生的爱情故事,没有人再去关心羊肉串的前世今生。凌霄还是那样,一个人坐在自习室里,看会儿书,偶尔又打了会儿盹。每次困倦时,她总期待能梦见熊猫。她的熊猫是什么模样呢?三角形的,嫩黄色的,长着一双翅膀的。凌霄对自己的想法有些困惑。如果真是三角形的,嫩黄色的,长着一双翅膀的,她还能认出它是熊猫吗?如果我们已经默认,熊猫是黑白的,圆滚滚的,那遇到完全不同的它,我们应该称它为什么?它还会被热烈而真挚地爱着吗?

凌霄还是会去河边看看那只黑翅白鹅。她不确定熊猫会不会游泳,然而,有些熊猫能从中国游到美国去。一个新闻彻底炸裂了。有人在美国的丘陵里发现了野生熊猫。这和历史有关。上个世纪三十年代,一个叫露丝·哈克尼丝的女人,来到中国成都,活捉了一只大熊猫,取名为"苏琳"。入海关时,她将苏琳登记为"一只形状怪异的哈巴狗"。回到美国,她成了"熊猫夫人",将苏琳卖给动物园。其实,露丝带回了两头熊猫。另一只叫苏森。虽然她声称已将苏森放归中国成都,但苏森当时已怀孕。美国当局保留了熊猫的精子与卵子,躲在实验室里秘密研究。由于缺乏天敌与环境阻挠,熊猫在美国已经悄然蔓延开来。这是新闻上播报的,证据就是有人在美国西贝思山上拍到了熊猫活动的视频。凌霄打开视频,还真是。

夏瑾说:"不可能。熊猫是守旧的动物。"凌霄说:"鹅都可以是熊猫,那美国为什么不可以有熊猫。"夏瑾不说话,将手里的面包一点点掰碎。黑翅白鹅发出了欢快的叫声。

"你知道相信某种莫须有的东西,会给人活下去的勇气吗?"夏瑾扔掉了最后一小块面包。

凌霄想了想:"你是说《钢铁是怎样炼成的》《基督山伯爵》之类的文学作品吗?"

"是。也不是。"夏瑾靠在栏杆上。白鹅抖抖脖子,游远了。

凌霄看着夏瑾的侧脸。许多女学生都爱看他的侧脸。像连绵的山脉一样。凌霄不知道他为什么单身到现在。不过,既然美国都有了大熊猫,那单身四十多年,并不是件值得探究的事。凌霄看着桥下的河面。河水照出了凌霄的脸。隐隐约约地,一会眼睛长了,一会嘴歪了。凌霄感到了放松。这次她看到的才是真实的自己。一天中,人的嘴是变化的,一会是直线,一会是圆,一会又是多边形。人的眼睛也是,一会装着利益,一会装着纯真,一会又装着憧憬。镜子截取的不过是我们的瞬间。

凌霄冲着河水里的自己招手。那般湿漉漉的自己，在另外一个维度张开了晶亮的鳞片。亲爱的不存在，亲爱的虚无，亲爱的空蒙与渺茫。凌霄收回了自己的手。在她十岁时，就已经梦到了这个段落。我们是活在某个人的记忆里吗？我们为什么不可以是熊猫？凌霄顺着栏杆，慢慢矮了下去。她听见了自己节节败退的声音。

那个送凌霄熊猫台灯的彭雀说，那件事已经闹翻天了，他们大学就已经组织了好几场社会实践活动，去西贝思山探索熊猫的生活痕迹。凌霄说："找到点什么没。"彭雀说："还真有。"有一队找到了几坨动物粪便，应该就是熊猫的。还有一队找到了黑白夹杂的毛发，正准备送去DNA检测。华盛顿那边还组织了科考队。内华达州已经准备给熊猫立法了，任何伤害美国熊猫的行为，都会受到法律的惩罚。怀俄明州表示，周一到周三，如果有人说了对熊猫不敬的话，可以被其他人起诉。美国已经疯狂了。加拿大也不甘示弱。据报道，这两周，加拿大出境美国的旅游人数比去年同期增加了23%，基本都是来内华达州寻觅熊猫踪迹的。凌霄还想问更多，结果对方的舍友喊了起来："有没有成都的中国留学生？"

文院楼的砖瓦褪色了。凌霄一个人坐在天井的池边。冬天的时候，这里演过一场戏剧，名字叫《黑与白》。戏文的老师组织了这场室外演出。那天很冷，还下着雨。观众们站在楼里，看着天井里的演员冒着细雨，匆匆走过。还有几个女孩，穿着裙子，在池子里走来走去，嫩白的腿肚子有些哆嗦。关于情节，凌霄记得不是很清楚了。好像是讲的一个人如何在这个世界连连碰壁，丢失自我，最后异化出了翅膀，向这个世界宣示，他就是如此不同。结尾就止于他的宣示。凌霄感到惋惜。这是戏剧的结尾，但不是生存的结尾。如果真如剧中所说，最后，他可能被杀掉，也可能被关入笼子里。就像熊猫一样，要么变成熊猫皮，要么成为人人侧目的食铁兽。不可能自由的。当你决定与众人不同时，你就会失去他们口中的黑与白。凌霄离开了文院楼，撑起了伞。她感到自己在蒸发，又感到身体的某一部分湿润起来。

"夏老师，熊猫活得比人快乐吗？"凌霄这样问过夏瑾。

"你认为快乐重要吗？"夏瑾反问凌霄。

后来，他们换了话题，比如魏晋风骨啊，建安七子什么的。凌霄不敢问夏瑾，在那个时候，熊猫是怎样生活的？可能夏瑾也不太清楚。就像这么一个问题：世界上有无数个人，但只有一个"我"，在"我"来到这个世界之前，"我"是什么，"我"存在于哪里、如何存在？而在"我"离开这个世界之后，"我"又是什么、存在于哪里，如何存在？宇宙茫茫几百亿年，为什么会存在一个"我"，我人生短短几十年，为什么要来这走一遭？这些问题，没有人真正解答过。有时候，凌霄喜欢坐在宿舍的椅子上，看着那盏熊猫台灯。那么多人爱熊猫，可是熊猫快乐吗？

美国熊猫的热度此起彼伏。抖音、美拍、快手，几乎所有视频软件上，都出现了它的视频。哥伦比亚大学的一伙学生，在西贝思山崖上，拍到了大熊猫活动的视频。大熊猫在爬树，大熊猫在蹭痒，大熊猫在瞌睡……短短三分钟的视频，瞬间点燃了全球。美国报道说，这是突破了生物学、地质学、气候学的一场具有划时代意义的科学发现；加拿大报道说，根据有关研究，加拿大很快也将有熊猫栖居；日本报道说，熊猫将不再是中国的专利，日方以后会从美国引进熊猫；澳大利亚报道说，熊猫在美国出现，不排除熊猫具有长时间游泳的本领，将来某一天，熊猫有望移民澳大利亚。彭雀说，西贝思熊猫已经占据美国头条一个星期了。没过多久，她也开了一个抖音号，专门跑到美国的各大景点，拍摄如何画熊猫仿妆。彭雀的粉丝已经达到30万人了，美国也有真人秀节目，邀请她去做客。

凌霄还是那样，去杜厦图书馆看书，又到十食堂吃饭。这种生活，已经重复了四五年。她认识彭雀也有这么长时间。然而，陵大的任何一个学生，都不了解彭雀，包括她。出了那件事之后，教导主任建议她退学，她"啪"地踩烂了教务处的椅子。后来，她还是毕业了，通过托福考试，考取了纽约的一所大学。临别前，彭雀送了她一个熊猫台灯。彭雀知道她喜欢熊猫。在此之前，她们约好去小红山看熊猫的，后来也没去成。

离开十食堂后，凌霄又去了文院楼。夏瑾在办公室查阅资料。

"夏老师,你能带我去看看小红山的熊猫吗?"凌霄问。

夏瑾有些吃惊。

"我有一个朋友,约好一起去看熊猫的。后来,我朋友迷路了。"

"小红山动物园就在1号线,你完全可以——"

"一个人去看熊猫,实在是一件令人难受的事。"

夏瑾立在那里,微微颔首,似乎答应了。

凌霄拿起夏瑾书桌上的保温杯,喝了一大口,咕咚咽了下去。

太阳也停止了聒噪。

"夏老师,你碰过女人吗?"凌霄抬起眼,直视夏瑾的眼睛。

夏瑾将手中的书本塞入了书橱咔嚓一声,像是某种鸟类的殒没。

离开文院楼后,凌霄去了陵大和园的烧烤店。她点了羊肉串、鸡肉串、腰子肉、烤牛排。烤串一盘盘端上来,她没有动,坐在那儿愣神。过了一会,她把肉褪了下来,堆在了一起。

"老板。"凌霄端着一堆肉,走了过去,"这是狗肉吗?"

正在烧烤的小伙上下打量了她一番。

凌霄说:"你杀了我的熊猫。"

熊猫被杀死的时候,会看向美国的方向吗?夜里,凌霄睡不着,看着天花板,胡乱地想着。熊猫一生活动范围不过方圆几百里,它会不会想到离这片大陆很远的一个地方,那里也可以看到夜晚的月亮。几百年前同是兄弟的另一只熊猫,正在那里孤独地磨蹭着树皮。它们都看着同一个月亮,有着同一份故土的乡愁。想到这,凌霄更加睡不着了。她突然很想把那只美国的熊猫带回来。

凌霄走出了寝室,拨通了彭雀的视频电话。美国那会儿还是早晨,能看到西贝思山上朦胧的朝阳。

"怎么样了?"凌霄问彭雀。

彭雀的脸上的熊猫妆还没卸干净。一只眼圈是黑色的,一只是棕色的。她摸了摸鼻子,手上蹭下了一块黑:"挺好的,赚了些钱,我准备去好莱坞看看。"

"你准备闯好莱坞了?"凌霄有些诧异。

"熊猫火起来了,有个好莱坞的编导准备拍有关的纪录片,兴许我也能帮忙。"

"那你学业怎么办?"

彭雀垂下了头,"我又不是为了学业才来美国的。"

凌霄没说话。她看着走廊外的月亮。硕大、肥美的月亮。不,刚才她想错了。即使是同一轮月亮,中国的熊猫和美国的熊猫,也不可能同时看到。这让凌霄感到沮丧。她蹲在了地上。她想起了生命中的很多人。有的瘦,有的爱喝奶茶,有的写得一手好字。他们与她,都隔着一层透明的玻璃。她喊,他们只能听到只言片字。她哭，触摸到的却是冰冷的二氧化硅。似乎没有人能突破这层玻璃，就像两只一模一样的熊猫，却隔着浩瀚的大海。

"你呢？"彭雀问了一声。

"老样子呗。"

"你爸有消息了吗？"

凌霄没有回答。她伸出手，摘下了月亮，塞进了自己的口袋里。

"你看天。天是不是黑了？"凌霄问彭雀。

彭雀侧了侧脸，微微皱起了眉头："亮着呢。凌霄，你是不是又有幻觉了？"

"他们带走了我的爸爸。我那时还小，他们有的拿锄头，有的拿菜刀，有的拿棍棒。我爸爸被打得血肉模糊。他们带走了他。我问妈妈他们是谁。妈妈没有回答我。现在我想起来了，他们就是他们。他们不是其他什么人。"凌霄喃喃着。

"凌霄，你该睡觉了。回去躺着，你会好受一些的。"

凌霄点点头，关掉了视频，在走廊里坐了一夜。

第二天，凌霄并没有去上课，而是去了图书馆，看了一天"美国熊猫"的报道。有人说，美国熊猫其实是美国棕熊的一个分支，与中国的没有多少关系。有人猜测，这是美国联邦在露丝·哈克尼丝的熊猫基础上，生物研究出的克隆熊猫。还有人说，没有这么复杂，就是中国海关查验还不够严格，有人偷偷将小熊猫带到美国西贝思山上。就此，有很多人发起了讨论，西贝思山究竟适不适合熊猫生存？熊猫日常食物来源哪里？有人还特地去研究美国有多少种竹类。

彭雀的熊猫妆直播火到了国内。她告诉凌霄，她凑够了路费，想离开学校，去世界周游一圈，再回国。凌霄说："那你以后怎么办？"彭雀说，网络直播的收入已经够她生活了。凌霄问她，回不回来看夏老师？彭雀咬咬牙，又摇摇头。凌霄依稀还能看见她胳膊上的刺青。那天，她将想给夏瑾说的话，文满了全身，赤身裸体走在操场上，绕了一圈又一圈。夏瑾始终没有出现。凌霄不知道她何时洗掉了身上的文身。也许那只是褪色。很多东西都会褪色的。比如天上的星星，它们终将成为黑洞。

这场美国熊猫闹剧并没有持续多久。有人在山脚发现了熊猫玩偶服，还有许多模仿脚印的模具。质疑声四起。后来，熊猫粪便证实为一个三十岁白人男子的人类粪便，黑白毛发来源于一头驴，最先出现的熊猫视频，调整清晰度之后，让人大呼熊猫的真假。美国政府怒了，加拿大政府笑了，日本政府着手准备向中国申请熊猫的租借手续。澳大利亚又发明了一种塑料鸭蹼，套在哺乳动物的手脚上，可以让它们学会游泳。

彭雀的面容出现在了面前。她换了一身装备，登山靴、冲锋衣、帐篷。凌霄问她干什么去。彭雀说，她就不相信，美国没有熊猫。她会去把它带回来，给他们好好看看。

凌霄劝她不要去。西贝思山虽然不够有名,也不够高大,但毕竟是座鸟不拉屎的野山,有些地势还很险峻。在一座陌生、未知的山前,一个女孩子的力量太弱了。

是彭雀先挂断了电话的。她似乎已经急不可耐。凌霄放下了手中的书,去了文院楼。她走入了天井,将双足没入池水中。今年冬天,这里有过一场戏剧,叫《黑与白》。那天下着冰冷的雨,那些女孩子都冻哆嗦了。你有勇气与众人不同吗?你有勇气黑白颠倒吗?你有勇气一口撕烂自我,冲破肉身的桎梏吗?凌霄垂下头,水波缓缓流着。她感觉自己长出了翅膀。它们缓慢地伸展着,抱住她脆弱的身躯。

全世界都在讨论那个扮演成熊猫的人。无人知道那个人是男是女。也许是个女孩,因为肥胖和雀斑问题从不多说话。也许是个男孩,偷了朋友的吉他,却没有一个好歌喉。凌霄闭上眼睛。她能看得见,一个孤独的人,穿着厚厚的熊猫玩偶服,一步一个脚印地,穿过重重沙漠,热浪从脚底升起,弯曲了若隐若现的山影。他无所畏惧,依然笨拙地走向西贝思山。在西贝思山上,他采集山间的野果,捕捞溪水里的游鱼,有山风,有鸟语。他忘记了自己来自城市,忘了自己曾行走在车水马龙的街道上,也忘了自己曾被这个世界赋予的名字。他是熊猫了,他本来就是熊猫。熊猫不该特定为某一个。熊猫就是所有的我们。

凌霄没能睡着。她想起大学生活动中心的排练室,还有许多动物玩偶服。前段时间，黑匣子剧场排练了儿童剧，道具还留在排练室。钥匙在走廊拐角放灭火器的红盒子里。

晨光熹微，陵大就出现了一只熊猫。也许和西贝思山上的差不多，也许彼此本就是不同的个体。起早打卡的同学，纷纷路过了这头熊猫，有的步履匆忙，有的停下来，和熊猫拍张合照。在陵大校园里偶遇一头熊猫，不是一件容易的事。熊猫没有停止它的步伐，它去了操场，有些学生在晨跑；它去了食堂，拂去了餐桌上的油迹；它又去了河水边，等待黑翅白鹅再一次出现。没有人知道熊猫是谁。它只是默默地长大，擦去大地上前人的脚印。

变成熊猫是什么滋味？凌霄也没法回答自己，只是在闷热的玩偶服里，她终于有点理解这个世界了。宿舍楼里酣睡的学生，有的慢慢抽出了鹿角，天亮又萎谢；有的长出了狼牙，在月亮下嗷叫；还有的叽叽喳喳地唱着歌，你挨着我，我挨着你，诉说生存里的抚慰与艰辛。

熊猫会下山来吗？那只涉过沙漠的熊猫，还会下山来吗？凌霄看着窗外的月亮。又一天过去了。我们能变成熊猫的日子，又少了一天。

彭雀被一只猎犬找到了。她已经在山里寻找了三天三夜，野果太高，她够不着，溪水里的鱼又太滑。这次搜救行动，还上了中国的热搜：一个留学生在美失联，是人口贩卖，还是蓄意谋杀？后来在彭雀室友的提示下，美国警方开启了搜救行动。彭雀被发现时，垂坐在山石上，身边错落着撕成条状的压缩饼干包装纸。彭雀被送入了病房。

"他们把我赚的钱全拿走了。"彭雀对视频里的凌霄说。

"为什么？"

"他们说美国的救援费很贵。我可是要去好莱坞的……"彭雀低下头。

"别傻了，那头熊猫是人扮的。"

彭雀抬起头，脸上的肉堆成了球："凌霄，你说得对，其实我也是熊猫。你快点告诉这个世界，熊猫找到了，就是我。你做个全球直播，让好莱坞制片方过来，我一定会让他们拍一个很棒的纪录片的。"

"别傻了。彭雀。"

彭雀沉默了很久。突然，她捂住脸，肩膀一耸一耸，啜泣起来。

"你喜欢我的直播吗？"彭雀捧着满面的泪水，问。

"你是世界上最真实的熊猫。"凌霄说。说完，她也没能忍住泪水。她吸着鼻子，泪水似乎倒流回了眼眶。她拧开熊猫台灯的开关，没有亮。似乎这一天没有亮起来，以后再也不会了。

彭雀被发现的那天，黑翅白鹅也被发现了。学校要换水，水位褪去后，学生们发现它被困在了隔离网上，生命已经垂危。救上岸后，白鹅很快断了气。学生们把它安葬在陵大校园的角落里。

夏瑾找到了凌霄,说明天他有空,想带她去小红山动物园看熊猫。

"你知道它死了吗?"凌霄问夏瑾。

夏瑾没说话,带着凌霄去和园门口吃了卤味。他一个人喝了两瓶酒,下酒菜是熏鹅。

1号线似乎无限漫长。夏瑾坐在凌霄的左边,凌霄坐在夏瑾的右边。这似乎是自然而然的事。就像熊猫的两只耳朵,左耳在右耳的左边,右耳在左耳的右边。凌霄想起了很多事,比如熬夜奋战政治理论啊、名次掉队痛哭一场啊、失去了当学生会主席的机会啊……这些都是令人烦心的事。如果人的一生就如此度过,那会怎样呢?凌霄抱着自己的肩膀。她感到了冷。人的一生无论怎么度过,都会是孤独的。只是有人不加理会,有人闭口不谈。她又想到了熊猫。熊猫一生,只在几百里的范围里活动,它能明白,这个世界是由多少个几百里组成的吗?它能明白宇宙的浩瀚吗?不过,知不知道也没有所谓。宇宙有它的直径,无论多么广阔无垠,它都能折算成有数字的"几百里",这让凌霄感到安心。这是熊猫的哲学,也是宇宙的。

动物园里热气腾腾,狮子、老虎、黑熊、猴子。这便是生活的可控感。凌霄跟着夏瑾走着。一只孔雀朝着他们张开了尾扇。凌霄指向孔雀。夏瑾面容沉静。走过了很久,凌霄回头看。

那只孔雀依然张着尾扇。它肯定想成为其他什么东西。凌霄想。比如，一只熊猫。

熊猫正在馆里啃竹子。凌霄招了招手。熊猫似乎没看见。

"夏老师，你见过几次熊猫？"

"很多次。"夏瑾说。

"一个人吗？"

夏瑾抿了抿嘴唇："不是。"

"当初那个人，嫁人了吧？"

夏瑾看着熊猫，熊猫也看着他。

"她不在了。"夏瑾言简意赅。

"生了病吗？"

夏瑾垂下睫毛，又抬起眼。熊猫扔掉了竹子的底部。

"跳舞。"

"跳舞时猝死吗？"

夏瑾不再说话。熊猫在馆里来回滚着，撞翻了牛奶碗。牛奶染白了它的手，忽而又褪色了。人群发出了惊呼声。小孩子举着手机拍照。后面的人想往前挤，夏瑾和凌霄之间，塞了一个人，又两个。

凌霄看见夏瑾朝熊猫行了个军礼，随后，他的右手变成一把枪，指向了自己的太阳穴。

人群中一阵猛烈的骚动。凌霄够着脖子往前看，原来，熊猫走入了水池里，正优哉游哉地游泳。

"你相信熊猫就是那只白鹅吗?"凌霄朝着人群外的夏瑾大喊。

人们进进出出。夏瑾站在那里,长出了松软的兽毛。

回程的地铁上,凌霄问夏瑾:"去相信某些莫须有的东西,能支撑人活下去吗?"

"不是所有时候都如此。"夏瑾说。

过了一会,夏瑾又开口:"不过,大部分时候,都如此。"

凌霄还想去看看那只熊猫,也许就是和它聊聊天,喝杯茶什么的。她不知道它是否愿意。也许它要睡个午觉,也许它正在减肥。这些都不是聊天的好时候。她又想到了西贝思山。那里还有一只熊猫。也许真有那么一天,她独自穿过茫茫沙漠,来到西贝思山脚下,和那头熊猫喝上一杯。无所谓啤酒,还是82年拉菲。他们会是很好的朋友。突然间,她又想起了她的第一个打算。她感到全身的肉正在涌动。巧克力甜甜圈挂满了她的身体。

聪明人所见

我从来没有觉得自己聪明，直到坐了那趟飞机。飞机和聪明不能挂钩，但这个世界就是这么奇妙，你遇到一个人，你就能明白很多道理。你明白了很多道理，你就会见到另外一个人，成为他所遇到的人。人类的进化、繁衍、文明就是这么推进的。这是一件不难明白的事。

从美国飞回南京，是我出差 19 天的最后一趟旅程。公司派我去国外调查茶叶市场。我这个东家待遇不错，在江浙沪拥有广阔的市场。他们派我来调研，寻求国际合作。我已经换了 5 家公司了，金融业竞争力太强，销售工作朝不保夕，银行又处于衰败期。为了还每个月一万多的房贷，我入职了这家公司。每天管两顿饭，五险一金照交，公积金不算低。这是一件两全其美的事，我帮公司干活，公司帮我生活。除此之外，我没有再去想什么。

美国机场还挺大，一入门，就有一队美国警察牵着警犬来回嗅。他们在查毒品。我前面第3个蓝条纹衬衫的男孩，被警犬嗅了全身，但它并没有叫，警察放他走了。我想，他可能刚刚吃了鸡排，或者糖醋排骨之类的东西。我还被这种想法逗乐了。我今天中午吃的炸鱼排，放了蛋黄酱的那种。我相信警犬不爱吃鱼，蛋黄酱多少吃一点。如果它盯着我不放，我可以撒点包里的老干妈给它。就看它会不会养生了。不过，既然是本地的狗，汉堡炸鸡肯定没少吃，自然不稀罕我包里的东西。想着，我正了正墨镜。蓝条纹男孩回头看了一眼，恰巧与我对视。我有了一种异样的感觉。蓝条纹挺适合他的。我的墨镜和他也很相配。

蓝条纹的男孩一直处于我前方15米处。说实话，我喜欢这个距离，就像生活中某些灵光一闪的瞬间一样，你必须和你挂念的事物保持距离，你才能真正得到它。男孩向前走，拐了个弯。这是办理托运的必经之路。但我觉得，这是蓝色条纹延伸下来的某一条。我想到男孩背后去。我甚至想吃他中午吃的糖醋排骨，或者鸡排。

男孩站在队伍里。他有一只巨大的、咖啡色的拉杆箱。我很好奇里面装的是什么。

到男孩了。他将拉杆箱搬上了运输带。

机器显示为：8 kg。

工作人员刚要贴上贴条，男孩伏过去，认真地说道："你能再称一遍吗?"

工作人员摇头。

里面有很重要的东西,我必须确认。男孩的口吻不容置疑。

工作人员似乎被他的表情打动了。

"8.5 kg。"男孩笑了,"这才对。"

工作人员并没有回之一笑。后面的人拥上来。男孩目送着行李箱被推入黑色的深处。

你的登机牌呢?工作人员问我的时候,我才从男孩的蓝色条纹上走下来。他正站在玻璃窗边,看着一架飞机起飞,一架飞机落地,阳光照射在平阔的地面上。

等我托运完行李,男孩已经不见了。我隔着很远的距离,看着玻璃窗外。我希望美国保持这般透明的橙色。当然,一个人总不能穿同一件的衣服。我能谅解美国的蓝、绿,或者其他什么不一样的颜色。就像你注意一个男孩,不会仅仅因为他穿了一件蓝条纹的衬衫。

离登机时间还有三刻钟。是的,我用"三刻钟"这种少见的表达方式。大概只是想让这一天,和以往的任何一天都有所区别。这一天,我将坐飞机离开美国。而往后的任何一天,都无法与今日相同。这一天,我见到了那个蓝条纹衬衫的男孩,他带着一个咖啡色的行李箱,里面似乎有很重要的东西。往后的任何一天,我都不会站在透明的橙色玻璃窗前,想到此时我想到的事物。想到这,我有了些许宽慰,更多是忧伤汹涌而来。

"你想来杯咖啡吗?"

我摆摆手。突然我又回头,是那个蓝条纹衬衫的男孩。

东边的咖啡比西边的好喝。男孩举起咖啡,像是要敬我。

你是想请我喝一杯吗?

男孩笑了笑:"别买摩卡。"

我点点头,拿过男孩手里的咖啡,喝了一口:"我相信这不是摩卡。"

男孩顿了顿:"你觉得这样做很聪明吗?"

"不然呢?"我扬起眉毛。一个男士端着一杯咖啡走向一位女士,就是要告诉她不要买摩卡?

男孩耸耸肩:"不然呢?"

"我可以请你喝杯可乐。"我晃了晃手里的咖啡,"在飞机上。"

"你知道我去哪里?"

我点点头:"事实上,我一直在注意你。你的登机牌又不是国家机密。"

"是不是很巧?"男孩舔着嘴唇,"我们还是一架飞机上的邻座。"

"你看了我的?"

事实上,这个飞机场上的绝大部分人,都没有什么国家机密。

"这么说,你是来和新邻座打招呼的?"

男孩摊手:"请邻座喝杯下午茶,这个主意也不错。"

"你叫什么?"我嘬了一口咖啡,仔细地端详他。

"如果你觉得登机牌上不是我的真名,你可以给我取一个新代号。"

"俊哲——听起来怎样?"

男孩摇摇头,又点点头:"和我的衬衫挺配。"

"国际飞行很无聊,是吧?"我朝俊哲看着,他的发尖正好和地上的大理石砖砖缝平行。

"能找到一个老乡,还是邻座,这趟飞行怕是没法无聊了。"

"我同意你的说法。"我看着杯口的咖啡渍,是一朵云朵的形状。

"很美,不是吗?"俊哲注意到我的注意点了。

我们各自沉默了 30 秒。

"你是游客?本地人?华裔?混血?"我问俊哲。

"事实上,我不喜欢这些称谓。世界上 99% 的称谓,是为了辨认傻瓜。"

"所以,你不是傻瓜?"

俊哲又耸耸肩:"你不是?"

这有点难倒我了。我托着下巴,佯装思考。

在同一架飞机上,聪明人和傻瓜坐在一起,还有两个聪明人坐在一起，哪一个几率大一点？

我想是后者。

聪明人都觉得是后者。

我们又走上了沉默的蓝色条纹。洛杉矶机场真美呀。一架架脖颈颀长的飞机，热烈庄重地亲吻并抚摸着这片金色大地。我倒是有点爱上这里了。如果给我两瓶酒，我能和另外一个人坐到天亮。

俊哲是我在飞机上的朋友。嗯。聪明人就该彼此成为朋友。他坐在23F，我坐在23E，我问他，能不能换个位置，我坐飞机喜欢靠窗。他说不能，转头望着窗外。恰逢暮晚，太平洋上一片广阔。仅存的一线金光，照出了他脸上纤细的绒毛。他是某种不一样的生物吗？我感到了一阵恍惚，或许刚才我们说的话、入口的咖啡，只是皮肤上被烫出的一个泡。

"你知道应该在哪里看日出吗？"俊哲问了一句。

"原野上？"我试探着回答他，我突然害怕打搅他。他似乎在和某个看不见的人或物交流。

"不，是海边。你在海边睡上那么一夜，醒来，你会拥有整个太阳系的。"俊哲没有回头。

"那么在哪里看月亮呢？"我问他。

这里。就是这里。俊哲指着脚下。飞机会与月亮的银白色融为一体，你就能进入月亮隐秘的心理世界。这将是一段难忘的经历。

我琢磨着他的话。说实话,我第一次思考月亮是否有种心理疾病。

你也去南京吗?我问了一句我知道答案的问题。在这个飞机上,我特别想和人说话,尤其是和一个了解大海与月亮、被我命名为俊哲的男孩说话。我前面的夫妇,笑得像对红脸的狒狒;左边的女人,像条精致的筷子腿;后面的两个闺蜜,像白纸在风中摇摆。而这个俊哲,我能看见他身上细小的鳞片,随着月光的呼吸一翕一张。我正在努力寻找他的腮。他忽地张开了翎羽。这个生物让我感到着迷。

"你知道南京有粉色熊猫吗?"俊哲转过头,认真地问我。

"粉色……熊猫?"我喃喃道。

"嗯。就是粉色的熊猫。"俊哲又转过头,看着窗外。太阳下坠,万物黯淡了下来,我们都陷入了黄昏最后的金光中。灰蓝的云在我们脚下涌动。月亮隐约着它的斑纹。突然,我想到,比起一群蓬松着羽毛的野天鹅,月亮可能更喜欢豹子。

"噢。你说的是粉色熊猫。"我重复了一遍。

"有吗?"俊哲凑近了我,瞪着眼睛。

"你还别说,我家就有一只。"我说。

"什么样子?"

"你先告诉我,你的粉色熊猫是什么样子。"我也凑近了俊哲,眨眨眼。

俊哲托着下巴，想了一会："你想知道，粉色火烈鸟的故事吗？"

"嗯哼。火烈鸟本来就是粉色的。"

"不，我说的是那个粉色的火烈鸟——它有粉色的羽毛，粉色的喉咙。在非洲，它是某个部落的图腾。传说中，在月圆之夜，它能化身为一只巨鸟，盘旋在森林上方。凡是听到它叫声的人，都会长出第6根手指。凡是见过它真身的人，都会看见已逝的魂灵。凡是碰触到它粉色羽毛的人，都会成为一尊金像。我也去过那里。"

我看着他的双手，不说话。

"那个部落已经不存在了。"俊哲掰弄着他的小拇指。真可惜。

"你去那里找那只火烈鸟了吗？"我问他。

俊哲躺在座椅上，闭起了眼睛。

"你在干什么？"

"我在观看它。"俊哲说着，睁开眼睛。

我耸耸肩。"你多大了？"

俊哲摆动双手："我不认为这是个有礼貌的问题。"

"我今年28岁了。"突然，我想和这个男孩谈谈心。

"所以呢？"俊哲问。

"在我们所要到达的国家，这是个罪恶的年纪，有的孩子都上小学了，有的还没走出学校，有的赚到了第8个100万，有的每月花呗都还不起。有人让你往左边走,有人推着你往右走,父母已不是 3 年前的模样。事实上,你也不是。你积蓄还没有 6 位数,你的皱纹就有了 3 道。"我学着俊哲,瘫坐在座椅上,闭起了眼睛。

沉默了一会。俊哲的声音响起:"我想你应该向前走。"

我睁开眼睛:"你呢?也许可以往另一维度走。"

俊哲撇撇嘴。

空姐推着推车走了过来:"这位女士,你需要意面还是三明治?"

我要了一份三明治。我刚喜欢上这种挤压式的食物。俊哲学我,一口咬住三明治,沙拉酱都漏在了手指上。我舔着手指,俊哲也舔。

"好吃吗?"我问俊哲。

"有位哲人说过,手指上的食物,比哪里的都好吃。"俊哲又舔了一口。

"那哲人也告诉你,要去寻找一头粉色熊猫?"

"也许吧。他们说的话太多了。"

俊哲将舷窗拉下一半。

"怎么了?月亮的心理问题让你感到害怕了?"

"你见过世界的另一面吗?"

"比如?"

"你肯定没见过。"

"举个例子?"

"月亮白天时的纯真,大海黑夜时的性感,云朵静止时的深邃。你明白吗?"

我若有所思地点点头:"只有聪明人才能看见吗?"

俊哲又拉开了舷窗:"你看,那是什么?"

顺着他的手指,我看见的是灰黑色的云,拥簇着一团不知名的黑暗。

"你是觉得,要给太平洋安路灯?"

"你的墨镜呢?"俊哲问我。

按照俊哲的嘱咐,我戴上了墨镜。四周都变暗了。俊哲变成了咖啡色。顺着窗户看下去,只有满目的黑暗,夹杂着一点月光的银丝。

"除了路灯,还得有霓虹灯。"我点点头。夜场太单调了。

俊哲摘下了我的墨镜:"你看见它了吗?"

"什么?我看见什么了?"

"嘘——我的熊猫。那头粉色熊猫。就在那里,海中央。"

我揉揉眼,又看下去,似乎确实有那么一点粉红色。

我鼓起腮帮,又憋下去。比起熊猫,我更相信那是一只粉色鞋子,往海岸的某个方向飘过去。

"它会飘向哪里呢?"俊哲喃喃道。

"听着,俊哲。我相信世界上有粉色熊猫。但粉色熊猫在海上游泳,这太疯狂了。"

"你知道布罗斯基民族有过一项伟大的运动吗?"

"那是什么?我连布罗斯基民族都没听说过。"

"'杀掉月亮',他们认为月亮遮蔽了一些东西,又涂改了一些东西。这也难怪,在月光下,圣洁的天使翅膀都是灰蓝色的。这让他们感到恐惧。他们制定了多种计划。刚开始是射击月亮,结果全部落最壮实的男人都没有这个臂力。然后,他们发明了一种大炮,结果掉到了隔壁的森林里,为此还引起了一场战争。后来,他们运用了巫术,传说月圆之夜,用童女的鲜血在部落首领的额头上画好灵符,首领面对井水,只要灵符的影子触碰到月影的边缘,月亮就会自动消失。过去了好一阵子,月亮依然还在。最后,他们终于明白了,不是月亮该消失,是他们自己该消失了。然后他们真的消失了。"

"嗯哼,他们去哪里了?"

"去了没有月亮的地方。"

"哪个地方没有月亮?"

俊哲吸着鼻子,眼轱辘转了好一圈儿。有时候,只有聪明人才看不见月亮。

我们一起看着窗外。月亮轻盈,悬浮,无声,宁静迷人。也许我们该烹饪野天鹅。也许我们该吃下雪花诞下的卵。也许我们该抹去唇边的刺。也许我们该相爱,在这个紫藤萝茂盛的夜晚。

"你真的相信吗?"俊哲看着我。

"相信什么?"

"我的粉色熊猫。"

我撇撇嘴,皱眉想了一会儿:"你得给我一个相信你的理由。"

"你知道泰坦尼克号沉没的真正原因吗?"

"不就是撞上冰山,又指挥有误吗?"

"不。"俊哲凑近了我的耳朵,"因为粉色熊猫。有一个三等舱的旅客,带了一个超大的大提琴盒,里面就是粉色熊猫。他要把粉色熊猫带到大洋彼岸,交给一个穿牛仔靴的红发男人。红发男人会给他一笔钱,作为他儿子的医药费。其实,这个旅客并不知道粉色熊猫来自哪里,是一个戴墨镜女人交给他的。旅客睡在下铺,大提琴盒放在睡铺下。深夜来临,粉色熊猫会爬出来,一个人到甲板上吹风。没人知道它的来历,也没人知道它去向哪里。所有人,不过是和它同了一段路,看过同一纬度的月亮。这真的很奇妙,是不是?"

"你说得对。"我沉吟道,"那它和沉船有什么关系呢?最后它去了哪里?"

"在泰坦尼克号上的旅客全都睡着时,粉色熊猫开始了它的晚餐。先从船头开始,然后是甲板、船桅、船舱。等大家反应过来时,它已经吃掉了船身的四分之一。人们奔走着追逐熊猫,想把它关起来。然而铁笼对于它来说,只不过是巧克力焦糖脆片。没有人敢靠近它。它站在残缺的巨轮甲板上，等待着命定的冰山慢慢浮现。"

"原来真凶是头熊猫？"

"不不。你不能忽视熊猫和月亮之间的血缘关系。它这样做，不是因为饥饿，而是因为孤独。巨大的灰色凹坑球体，绕着我们转了几十亿年。粉色熊猫能感受到月亮的孤独，月亮也能感受到它的。它们彼此心灵相通。在那个夜晚，熊猫想离开了。它想游出无边无际的大海，游出脆弱的地球，游出任何吸引它回头的力量。它想到宇宙去，抱抱那个月亮。"

我深吸了一口气："然后呢，沉船后？"

俊哲埋下头。暖黄色的灯光下，他隐约的侧影。

"有人说，它一直在它的大海里游着。有人说，它在那座冰山上，每日守望着月亮。还有人说，粉色熊猫已经不在这个世界了。这些我都不相信。我相信它在各个地方。只有真正聪明的人，才能看见它。"

"那你觉得这样聪明的人存在吗？"

俊哲托着腮，思索了一会："这种聪明，关键在于人们是否相信自己做的事值得、人们是否相信自己的人生有意义。你问我意义在哪里，那些看不见、无法命名、难以分类的事物，其实对一个人的人生大有裨益。"

我没有回答，看着舷窗外的大海。事实上，我已经看不见黑色的大海了。但那只粉色鞋子依旧在漂着，它有自己的航向。

"我见过它。"我喃喃道。

"在我 16 岁的时候。"我又说,"我想当一名海盗。这个梦想相当荒唐。别人都以为我是说着玩的,但我是说真的。后来我考上了大学,找到了工作,成为一个不是海盗的人。某一次出差途中,我看见了它,它戴着一顶海盗帽。我确信,那是一顶海盗帽。"

俊哲压低了眼睑。灯光在他的脸上形成了一道光弧。

"你想它吗?嗯——我不是说现在,也不是说进行时。我是说——在你人生的某个瞬间,你会突然想起它吗?"

我抿起了嘴唇。我没有说话。他也没有。

"这位女士,你需要可乐还是雪碧?"空姐打断了我们的沉默。

"有咖啡吗?"我问。

"有的,女士。"空姐端起一壶咖啡。

"我旁边的先生也要一杯。"我说。

俊哲捧着手里的咖啡:"我敢打赌,这杯没有飞机场东边的咖啡好喝。"

"下面的滋味都差不多。偶尔喝点上面的,助消化。"我朝他一笑。

飞机开始颠簸。广播说,遇到了气流,请大家安心。

俊哲用手指划着杯中洒出的咖啡渍,形成了一朵云的形状。

"很美,不是吗?"

随着这句话结束,我们一起望向了窗外。银缕丝的月,灰蒙蒙的云。偶尔闪过一片光斑,蓝色的脸。黑夜的残缺如此动人。我闭上眼,以为这不是人间。

我靠着俊哲的蓝条纹衬衫醒来。
"你做噩梦了吗?"
我揉揉眼睛:"我梦见我回到了家乡。我梦见我 28 岁了。我梦见我的同学有的已经生了二胎,有的还在求学。我梦见我的朋友创业赚了 800 万,还有的被信用卡债务追得无法喘息。我梦见我父母老了,老房子的楼梯日渐凋敝。我梦见我的上司让我做他做过的事,我同事却说要有反叛精神。我梦见积蓄眨眼化成了碎片。我还梦见了我自己,我是如何出生,如何成长,如何生存,如何将息。这一切如果是一场梦,那什么才是真实的呢?"
"你知道我前面说的火烈鸟去了哪里了吗?"
"嗯。它去了哪里?"
"它拔掉了它粉色的羽毛,摘掉了它粉色的喉咙。它化成了一名人类,走在众多的人群中。没有人会因为它,长出第 6 根手指,看见已逝的魂灵,或者成为一尊雕像。它成了亿万分之一。它成了我们。"
"为什么?"
"活着本身就是一件无解的事。这么浩瀚的宇宙,这么广博的时空,这么无常的命运交错,是什么让你成为你,让我成为我呢?火烈鸟明白了这件事,它就成了一个普通人。"

我嘬了一口冷咖啡。说实话,我已经忘了我此行的目的。我忘了我去了美国。我还忘了我终将回到出发地。

"那个杀死月亮的部落去了哪里?"我迷迷糊糊地说着。

"他们去了他们想去的地方。他们成为了他们想成为的人。他们获得了他们想获得的东西。也许对于你们来说,这并不是什么好结局。你们要名利,你们要物质,你们要长寿,你们要荣誉。殊不知,这些具有刻度的东西,只是某种丈量。真正能永恒的东西,是说不准、摸不着的。就像一块没有月亮的土地,你触摸到它,你就拥有了你的自由。"

我看着飞机顶上的储物架。我有充分的理由怀疑,在那上面,我们看不见月亮。

前排的红脸狒狒夫妇开始闹腾。他们的孩子醒了。孩子张开手指,嚷着一些我听不懂的英文单词。丈夫喊着空姐,妻子哄着孩子,用两国语言交替着说话。孩子不领情,手一扬,就将纸杯扔到了俊哲的怀里。那件闪着光的蓝条纹衬衫,生出了一朵咖啡色的花。

妻子站起身,用湿巾擦拭着污渍,嘴里朝俊哲打招呼。俊哲摆摆手,似乎原谅了这件事。

"多热闹。"俊哲笑道。

咖啡渍要立即清洗,否则时间长了,洗不掉的。

俊哲从包里掏出一片粉色羽毛:"这是我的收藏。这件衬衫也会是的。"

空姐给俊哲送来了一叠开心果,以表歉意。

"大家都是一样的人,不是吗?"俊哲磕着开心果说。

我左边的女人打了个喷嚏,惊醒。她问空姐有没有毯子。后面的那对闺蜜也嚷着要毯子。人们在说话声中陆续醒了过来。有人举手问,还有多久到。空姐点着头说,还有半个小时,先生。

"你会忘记这个晚上吗?"俊哲问我。

我感受到了飞机的下降。

"你会忘记我吗?"我问俊哲。

俊哲又耸耸肩:"我可记得了,我没喝到东头的咖啡。"

"那我可以请你喝南京最好喝的咖啡,还有次好喝的,次次好喝的。"

"我还得找它。"

"粉色熊猫?"

"对。一头粉红色的熊猫。"

"你打算找它找多久?"

"一个人出生时,你能估算他能活多久吗?"

我舒了一口气。大海已经过去很远了,现在是城市。随着飞机的下降,城市的霓虹渐次闪烁。

"我是来调研国外茶叶市场的。"我自言自语,"我不认为这件事有什么意义。但我依旧对我的公司充满信心,它在江浙沪有广阔的市场,目前广州地区也有了新局面。但我很清楚,我更喜欢喝咖啡。很多人也是。这是我为生存必须做出的妥协。每天有两顿饭,还有五险一金,这些能保证我的生活质量。我还有一间正在还贷款的房子。每每想到它,我就感到踏实。我来美国出差了十九天,美国的餐厅不好吃,全是快餐。我中午吃的蛋黄酱炸鱼排。很明显,美国的警犬对此不感兴趣。"

"说出来,好过点了吧?"俊哲问我。

谈不上好过,也谈不上难过。我握住了俊哲的手。是的,还有半个小时,我就会彻底地失去他。我握住他的手,只是想让这个晚上,和这之前、这之后的任何一晚都有所区别。一只粉色的熊猫。对,粉色熊猫。也许我之后人生的几十年,再也不会听到这个词组。但它会一直陪伴我。在活着的某个瞬间,我会突然记起它,然后称赞这个词组组合得多么美妙。粉色和熊猫。只有聪明的人,才能对此有所意会。

我看着俊哲的侧脸。窗外有点滴的霓虹,还有银色的月光。它们交织着自己的纹路,在俊哲的脸上洒下影子。我想起了很多事。很多不重要的、记忆却十分深刻的事。比如童年时见过的一只鸟。它的眼睛很漂亮。对,我就记得它的眼神。它看着我,我看着它。自那以后,考试得了 100 分、被喜欢的男孩告白、拿到第一笔工资,这些事,我都记不太清楚了。但那只鸟还在,它在注视着我。就像那些看不见、无法命名、难以分类的事物。

"女士们,先生们……"广播再次响起。我知道,分别的时刻到了。

从飞机上下来,我还和俊哲一起走了好长一段路。我们的行李在8号口。他站着,我也站着。在飞机上,我们有那么多话要说。到了地面,我们只有并肩站着。过不了多久,我会回到我的房间,他也会去他将要去的地方。这就是最奇妙的地方:你见到了一个人,同行了一段路,然后各自继续各自的人生。

传送带缓慢地运行着。俊哲的行李箱是咖啡色的。不,他并不叫俊哲。但是,对我来说,他是俊哲。而对于广大的人群来说,他是谁呢?我按捺着自己。我不想问出那句话。是的,他是那只拔掉自己羽毛、摘掉自己喉咙的火烈鸟吗?在我看来,他是的。我突然又想到,来美国调研茶叶生意,是个看似可笑又不失远见的主意。

"俊哲,你真的见过粉色熊猫吗?"

俊哲没回答我。他走了两步,从传输带上拿下了那个咖啡色的行李箱。

"重不重?要我帮你吗?"我喊着。

"你的行李在那里。"俊哲指着右边。

我没有挪动一步,我就站在俊哲身边,等待传送带的缓慢转动。

我怕转个身，俊哲就会不见。

你箱子里装的是什么呢？我问出了我见到他时第一个想问的问题。

"我们总是把事情想得太复杂了。"俊哲说。

后来我们还是分别了。我不知道他去了哪里。我也永远无法知道他的行李箱里装的是什么。但和所有聪明人一样，我相信那个箱子里是很重要的东西。世界上的每个人都有，只是形状不同。

关小月托孤

我欠关小月的。

关小月是谁,我也不知道。我认识她这么多年来,从来没有搞清楚。可以说,齐刘海的是她,黑马尾的是她,瘦高个儿的是她,爱读书的是她,稀奇古怪的是她,穿着一席白色棉麻长裙、粉色蕾丝袜、棕色萝莉鞋的也是她。这么多她,我没法搞清楚。

说实话,我俩的见面方式很奇特。那天,我一个人去爬学校的后山。那晚有流星雨,晚饭后观测为佳。我记得我吃了一屉小笼包,一碗鸭血粉丝。风酸硬,后山像桌上冷掉的山芋。小笼包的味往上蹿,肉末拌着蒜。我在冷山芋周边刨了一圈,没个人影。一路野风卷过来,我裹紧衣衫,顶着腿走。20 年一遇的狮子座流星雨,不能白白被闲风打走。爬到半山腰,我的腿有点打颤。窸窸窣窣有声音。我铁下心，沉着脚走。好像是那边草丛。我从腰间抽出皮带，一手攥着，一手端着，点点细细地撮着脚步。山貂也好，盘蛇也好，长长眼，练练手。声响渐高，像某种哺乳动物的喘息。不成。学校后山有狐狸？或者，有只狼在埋伏我？我一个毂觫。我脚步尖着，后退着。声响急促起来，像有两只。"啪嗒嗒"的背景音，不可能是狼。我从树后探出了脑袋。一个长发女子，半弯着身子，光溜溜的屁股，站着的男人，褪了裤子，大腿贴着她。算什么？我放下了胆子，刚想换条道走，一个黑影窜出来。

我没能瞧见20年一遇的狮子座流星雨。还想看，我得再老上20岁。这事，我必须怪在关小月头上。黑灯瞎火，荒山野岭，你个关小月，躲在山上看好戏啊？她倒是说，她到山上寻宝来了："你可知道抗战时期的沈地主？日军四处戒严，他跑这山上了。传说他有一把测量人灵魂的衡尺，就埋在这座山的某处。"我一听乐了，还有比流星雨更难得的东西。想了想，我又偏嘴问了一句，你央着我往下跑，是怕那两个人灭口？关小月斜了我一眼："要不是大姨妈突然来了，疼得站不住，我先把你灭口，省得你抢我宝藏。"

关小月这家伙，赖上我了。她跑到我宿舍来，给了我舍友一圈零食，说待她闺蜜好点；和我选一样的课，考试还给我助攻；到了周末，给我打起床电话，帮我占图书馆的位置，领了生活费，还带我去吃日料。我也不会亏了她。瞧见没，她手上的银镯子，是我买给她的生日礼物。说到生日，关小月就大我一天。咱俩都是白羊座。白羊座有白羊座的好，谁也记不得谁的不好。白羊座也有白羊座的不好。她倔起劲来，我都罩不住。

在我罩得住关小月的时候，她会约我出来散步。星辰两点，清风三两，花香四钱。关小月揣着几个银子，偏领着我赏风弄月去。荔大西南方有一座斜桥，关小月说，站上去，看到的世界就正了。我问世界什么时候歪过。她朝我眨巴眼睛，人看花，有人说美，有人说少了叶，有人说花蕊有毒，一朵花尚能引发如此多争议，更别说人看人、人看万物了。我问关小月，你整天思考些什么啊？关小月反问我，那么，那天为什么你也在山上？我说不出话了。我爱小笼包，我爱鸭血粉丝，我也爱星星。吃了小笼包再去看星星的人，关小月见得少。夜里捂着肚子寻宝的，我也见得少。

电视上也说过，感情就是看雪看月亮，从诗词歌赋谈到人生哲学。我和关小月也没能免俗。得空了，我们会在教室自习。她参加了推理社，看完了阿加莎的所有书，还讲给我听。我参加了日语社，教她写片假名。奇怪的是，她把《无人生还》又看了一遍后，退出了推理社。她说人来到世上，都没法活着离开。我说这是废话，她闷着脑袋不说话。我说，你大姨妈不是刚走吗？她还是不说话。我凑近一看，这不，她眼周晕了一圈红。我捋着她的背，权当她打了嗝。她嗳了气，吞了舌，一路无话。第二天，她带来了一本《小王子》绘本，还有一盒彩笔，一页页看，一幅幅画。我也依着模样描。她的小王子总是眼睛更亮点，更神采飞扬点。我不服。她教我画曲线。没画完，她停住了手，望着窗外。星星点点，明天又是一望无际的晴。她的坐身懈了下来，手指骨像褪下的睡衣："骆丹，我活不长的。"我一愣，定了。她抽了抽鼻子，抬了手，指着夜空："那才是我家。总有一天，我会像圣埃克絮佩里一样消失在云中。"

关小月确实消失了一段时间。打电话也不接，发微信也不回。我去她宿舍堵她，等困了都等不到她。那段时间，我老是瞅着夜空。流星雨我没见到，倒是捡了一个外星人。外星人有外星人的脾性。算了，她要是准备解剖我，我就摘了她的能量源。想着想着，我还是憋了一肚子闷，小笼包都吃得少了。

宇宙这么大，外星人总要露面的。我接到关小月的电话，是万圣节晚上 11 点。11 点我们能做什么？有些男生的魔兽才开局，有些男生聚在一起看爱情动作片，有些女生敷着面膜准备美容觉，有些女生追着剧喊欧巴。夜生活很精彩，但大多都在宿舍里发生。我的关小月，居然穿着单衣站在冷风中，拿着手机对我哆哆嗦嗦地说着："我……冷死了……"

万圣节晚上，尤其是快到午夜时，千万别出去。一路上，大鬼小鬼，高鬼矮鬼，男鬼女鬼，在你周围来回穿梭着，不知谁真谁假。可是我的关小月快冷死了。她身上只有一件丝光棉白T恤,也没穿秋裤。这个天,穿得这么清凉,我服了她。这个天,跑出宿舍,绕过保安,爬出大门,打的去接一个女孩回来,我也服了我自己。

为什么万圣节午夜,关小月站在艳河港吹冷风,她后来才告诉我。艳河港是南京最著名的夜场,一条河从东到西,河边一排的民宿,民宿周围有酒吧,有烧烤摊,还有那些小小的发廊、粉红的按摩屋。关小月站在哪里呢,她会不会太突兀?也许只是去小酌几口,也许只是馋了羊肉串,也许突发奇想换个发型,也许累了去通筋骨……我坐在的士上,乱想了一圈可能。这些我都可以陪她做的,想到这,我搞不懂外星人了。窗外夜忐忑,月颤抖,宇宙有自己的法则,渺小如我,不过是沙,是尘,是众人背上搓不尽的垢。

我把带来的牛仔夹克披在关小月的身上。关小月也没嫌弃,两只手戳进我的咯吱窝,冰冷的痒。关小月大概觉得暖和了,乱拱着十指,嘴里咯吱咯吱笑着。不知哪来的一股气,我撇下她的手:关小月,也就只有我关心你。你要是今天冻死了,没人给你收尸!

关小月倒是没计较。她张开怀抱,扑通一声抱住我,我感觉到了她的肋骨,格楞格楞、一截一截的,像是断绫,到底把自己的短见放下了。她的脸贴着我的胸,上下左右地蹭着:"柔软,又香,不知手感如何?"我想把她推开,但感觉到,我的关小月,成了落水的鸟,湿漉漉、冷冰冰,左摇右摆飞不起来。

突然的一阵酸意，我搂紧了她。她也听话，贴满了我们之间的缝。周围走着几个民宿雇来的推销员，手上拿着纸牌：住宿，100 元一晚。还有一个老女人凑过来："姑娘们，天凉，到里面慢慢抱。"我们扑哧笑出来，放了彼此。

这个关小月，得了便宜还卖乖。被我接回来之后，她更黏着我了，上厕所还跟着我，端着手机掐时间。这个屎慢了点，那个屎长了点。我受不了她，说她几句，她反而转过脸，朝我眨巴眼睛："人家都以为我们是百合，你也就从了我吧！"

我知道的，关小月才不是百合呢。那晚，她约会去了。准确地说，消失的那一段时间，她都在约会。和隔壁医学院的一个帅哥。帅哥叫啥，就叫帅哥。他姓帅，又大我们两届。他们认识的也简单。关小月摇微信摇到的。我早就和她说了，别在网上瞎认识人，她睪，刚开始，帅哥对她也殷勤，桔梗、雏菊、绣球，全都对她味。关小月甜了两个月，被帅哥叫去吃烧烤。吃了羊肉串，烤馍，金针菇，帅哥又说渴。关小月随着他去喝酒。等醒来时，她赤裸裸地躺在床上，一侧是皮鞭，一侧是蜡烛。帅哥揩着湿发走出卫生间，关小月问他干什么。帅哥一笑，说人体有 206 块骨头。你不是说你是外星球的吗？我看看是不是多了一块。

关于关小月的骨头，我也数不清楚。或许她真的有 207 块骨头。207 块就 207 块。那多出来的一块，说不定能造个夏娃呢。我老是和关小月这样讲。关小月说,你现在就拆了我,大不了多一个妹妹。我扑上去,掀她的衣服。她一个支棱,把我拐走了。瘦高瘦高的关小月,像根铁丝,把闭馆的体育馆打开了。馆里黑黢黢的,我被她拽着走。到了舞蹈房,她停下来了。我刚要开口问,她倒是把自个儿掀了,一层一层,哧溜溜。

"你冷不冷啊你?"我捋起一厚叠衣服,往她身上擦。

关小月打开我的手,衣服扑簌簌地坠:"看都看了。"

我立在原地。说实话,脱的是她,我却冷得发抖。光在她的皮肤上暗下去、浮上来,如水中影,泼泼漾漾,波心闪闪,水浪粼粼。她的脸微微侧过去,像着了黑的月。她举起了双臂,猫伏鸟倦般落下来。她睁眼,闭眼,空中掠过一抹霁亮。这晚的关小月,成了裸足的缪斯,不眠的月。

正当我愣神之际,关小月又回了脸,日影过去,她的脸平滑而肃整:"你知道身上最硬的骨头是哪块呢?"

我缓慢地呼吸。均匀,如绦,如绸,如光透过蕾丝、连绵的影。时间切切走了几步,关小月哗地朝我笑开了:"这儿,就是这儿。"

"哪里?"我闷声问道。

关小月伸出她玉葱一样的中指,在牙齿上抹了一圈:"人体最硬的部分是牙齿,因为有牙釉质。肋骨属于扁骨,比较软的。颅骨外,髂骨是比较硬的,因为要承重。"

你冷不冷?我又问了一句,蹲下来,摸了一件丝光棉的打底衫,刚想披在关小月身上,黑暗中闪过靡靡的光,照得丝光棉像水一样,从我的手中滑走。

你有没有想过?关小月凑上来。我感觉到一股热气,裹挟着周边噬骨的寒。"为什么我们本身如此坚硬,却必须由柔软的肉保护呢?"

黑暗似乎把我拱起来了,一切都矮下去,天花板变得触手可及。我伸出手,却觉得关小月很遥远,她到宇宙中去了。我们隔着亿万光年。也是很久以后,我看了一篇微信文章,里面介绍了多重宇宙。我们宇宙的空间维度可能有9维,只有其中3维参与了宇宙膨胀,其余6维无法观测。宇宙学家通过研究我们宇宙的性质,推断有平行宇宙存在。平行宇宙里会有太阳,月亮,地球,也会有我自己。可能我所见到的关小月,只是突破了这6个维度的我。想到这,我打了个哆嗦。关小月是我,我是谁呢?

关小月捡起了地上的丝光棉,套上了,然后一件件地穿起来:"坚硬的骨头外面是柔软的肉,强韧的肉外面是脆弱的衣裳,御寒的衣裳外面,应该才是我们的意识,我们的精神。"

那晚,我们成立了一个教派,日月教。关小月说,不是日月神教,没有黑血神针,也不存在五岳剑派。只有两个星球,太阳,月亮。关小月央着我,让我教她武功。我说我只会体育课上的格斗术。她说就是格斗术。我说你把衣服穿好了,纽扣扣好了。拳法、腿法、膝肘技、关节技、反击技、组合技，我都略知一二。关小月扭着手，拐着脚，向下潜身，向上断裂，重拳快腿，摔投绞杀，倒是有一番模样。

关小月也没亏待我。第二天，她就拐着我去看戏了。那部戏挺有名，叫《我是月亮》，是一位文院研究生写的，也是文院的众位师哥师姐演的。关小月说："还有半年就毕业了，我带你去吹吹风。"我说："你是想把我吹成中分呢，还是大背头？"关小月在我胳膊上拧了一把：黑发去无踪，光头更出众。

戏讲了什么，我没多少兴趣。主要是关小月哭了。我第一次见她哭。要怪就怪那两个男的，仗着自己要写通讯稿，乱说乱问。戏剧散场，那俩男的拽住了我们，要我们谈谈个人观后感。关小月兴致上来了。要知道，看戏的时候，她老是嚼我耳朵。她从舞台灯光、演员走位、道具设计、演出效果，逐一分析了一遍。那俩男的，问了就问了，偏偏《我是月亮》讲的是一个没有父亲的女孩的故事。父亲是太阳，而她是永远黑暗孤独的月亮。胖男问："你觉得女孩最后的自杀合理吗？"瘦高个儿问："生活中不会有这种人的。我们换句话问，你觉得这样设置矫情吗？"

关小月没有当着他们的面哭出来，而是眨巴着大眼睛，蓄住了泪。等人走光了，话说尽了，一步一个趔趄地拐着我，啪嗒啪嗒地走，啪嗒啪嗒地落。南京的夜很黑，路很黑，人也黑，点点闪烁的灯，也是黑得没影了。关小月贴着我，我感觉到了她的肋骨，格楞格楞、一截一截的，像是断绫，也像是英雄末路。那时候，我忍不住自己，一直在数她的骨头。怎么可能多一块呢？或许呢，或许呢。风抽紧，我感到不确定的悲伤，击穿了我的胸膛。

分别前，关小月给我洗了把澡。这把澡非常特别，因为地球上没有比这还大的浴缸了。或许地球外有，那是关小月的事。显然，关小月也不在意，一上车，她就把屁股贴到了我的座位。我是社会学院的，她是外院的。她舍弃本院的山东之旅，自愿加入我们院的毕业旅行，已经够奇怪的了。她还把左胳膊伸到我肩上来，撩起头发闻一闻，说我洗得不好。她就是来帮我洗香香的。我说日月派二掌门还管这个。她缩起身子，耸起肩膀，脑瓜瓢儿在我耳周肩环走了一圈。我说："你蹭痒痒呢。"她脸贴着我的，大眼睛忽上忽下，黑色眼瞳都眨巴旧了。

关小月劲大，我不是不知道。那时，我们还在桃花岛海滩上玩着撕名牌的游戏。关小月手脚蹑蹑，一下子撕了大半个社会学院的名牌。我四处躲闪着，脚下有细细碎碎的贝壳，还有小蟹小虾，横横竖竖。一晃神，一只硌人的手托住了我的背，一只细长的手钩住我的膝盖窝儿，来人一使劲，就把我举起来了。我叫嚷着，来人嘻嘻笑着。我听出了是关小月，反过手掐她的胳膊肉。她却猛地一使力，把我泼向了大海。

一瞬间，我仿佛离开了地球，来到了宇宙。我的手是轻的，腿是轻的，身体是轻的，脑袋已经不属于我了。阳光落在水面上，也落在水下面我的眼里，像一闪一闪的星星，一切都没了声音。都说呢，宇宙是安静的。否则星云爆炸、黑洞吞噬、星球合并，我们怎么会听不到呢？对呀，怎么会听不到呢？

睁开眼时，我的嘴正朝关小月的脸喷水，关小月眯着眼睛，眉毛头发都湿了。我想笑，却被嘴里的水呛着了，咳嗽着。关小月把我扶起来，拍着我的背：早知道你是个旱鸭子，我就不理你了。等胸腔喘得没力气了，我才哑巴着泪，朝着天空嗳了一口气：关小月，你欠我一条命。

关小月坐在我身边，坐圆了一个坑。她在朝大海看。她具体看的什么，我也猜不出，只是觉得她的眼神很悠长，像一条条光束，要射穿大海深处的某样东西。也许是汹涌的浪，也许是缱绻的波，也许是吃剩的鲸落，也许是不倦的海鸥。

我耐不住沉默，声音点点滴滴地起："关小月，拿了毕业证，我就回老家了。"关于回老家这件事，我只和父母商讨过，万万没想到，我考过了笔试，考过了行测，考过了无领导小组讨论，一切尘埃落定，老家的组织部人员过来政审时，关小月杀来了。考试，我没有告诉她，政审，我也没有告诉她。她却来了。当时，她就站在我面前，一句话也没说。我有点心虚。"算我一个。"良久，她才说话。然后她进去了。我站在屋外，脑子里纷纷飞飞。你说这个关小月，她是不是个正常人？正是因为这个疑问，我没叫她来政审。5分钟后，她出来了，平静而舒缓，她对我说："没有日月派了。"我问为什么，她说："月亮的光是借来的，温度也是借来的。借来的东西，总要还的。"

当然，我一直隐瞒你们的是关小月的身世。关小月一直是她母亲向她父亲要钱的把柄。她父亲是谁，我不知道。反正她母亲一直没结婚，靠着关小月的抚养费养了几个小白脸。在这个时代，也不算稀奇。关小月揣着秘密走近我，到最后，我也揣着秘密走了。

这是后话。我想着，关小月也坐着。海浪涨上来了，一卷一卷的，像那些年，被我撕掉的数学试卷。她沉默着，我也沉默着。我答应她留在南京，陪着她的。走入社会两年后，我才知道，那次政审，关小月把我夸得像个天仙似的。可惜我们已经岔开走了。

关小月握住了我的手："你听，我也在涨潮。"

"什么涨潮？"

"你知道吗，每个人体内都有一个大海。主宰大海的是月亮。在万有引力的作用下，月亮对大海有吸引力，吸引海水涨潮的力叫引潮力，各处大海离月亮的远近不一样，各处引潮力也出现差异，月亮是运动的，各处引潮力也在不断变化，使大海时涨时落。你说，我们也会涨潮啊，我们也会干涸啊。真神奇。"关小月看着远方，喃喃着。直到老师喊我们去吃晚饭。我们都没再出声，只是看着，远方的水，暗下去、浮上来，泼泼漾漾，波心闪闪，水浪粼粼。我脑海里满是那晚的关小月。

毕业后，我还是见过几次关小月的。她留在南京一家杂志社做了编辑。做了编辑就要推销杂志，但关小月没和我开口。我还是委婉地告诉她，我喜欢这个杂志，我要订，她也没拒绝。多我一个订单，她也不见得宽裕多少。少我一个订单，她还是那个关小月。总是要有个安慰。我在老家过得还行，工资凑合，父母买了房，大姑二姨给我拉郎配，见着几个合眼缘的，彼此都成了朋友。我不知道这样的生活有什么不好，我也不知道有什么好。偶尔睡不着时，我就想着体育馆的那一晚。她说她要去游历四方，她说她要去看看这个世界。她说："生活不单单是生下来，活下去，这之间有太多的迤逦。"我说："我陪你啊。"她说："你等着，我们去巴黎，我们去纽约，我们去佛罗伦萨，我们去拉斯维加斯。"

可能，当时我点了太多的头，所以诺言配不上轻信。关小月做她的编辑，我则埋首于文件、表格、活动中。后来，看着朋友圈里满屏的微商，我做起了甜品。芒果大福、榴莲千层也好，脆皮哈斗、红枣核桃糕也好，我最喜欢做蛋黄酥。咸蛋黄涂上白酒，烤箱烤 10 分钟，冷却，把水油皮揉出膜，松弛半小时，把油皮、油酥分成等份，油皮按扁，放油酥，收口；豆沙按扁，放咸蛋黄；收口的面团擀成长舌状，卷好，松弛 20 分钟，再擀成薄片，放上蛋黄豆沙；刷上蛋液，撒上黑芝麻，烤箱烤半小时。就是这样。打开烤箱，我总觉得我烤的是月亮。金黄色，香喷喷，圆溜溜。月亮的光是借来的，温度是借来的，可气味、形状、颜色都是自己的。

在这个时代,微商可赚钱了。一般生意好时,我一天可以赚 500 元。赚到钱,我就想到了关小月。我几次出差去南京,约她见面,总觉得她有点不对劲。不知是精神落魄,还是物质失魂。可她还是坚持付账。我总觉得过意不去,发红包给她。她似乎没看见,把红包晾了 24 小时,钱又返还给我了。我打电话给她,她一字一顿地说,我不要这个世界的同情。

这样的关小月,还是走了。她辞职了,离开了南京,我联系不到她。到了夜里,我抬头望星星。我是去看星星时碰到她的。说不定再看几遍,她就会回来。外星人最难以捉摸了。她的星球看得见我们的月亮吗?我想着,笑着,却又难过着。

星星看旧了,关小月果然来了电话。她说她在巴黎。我问她去巴黎干什么。她说她找到沈地主的那把衡尺了。我问在哪里。她说,在卢浮宫。她现在在巴黎的星空酒吧当调酒师。为什么选这家酒吧?因为透过窗户,她能看见卢浮宫的尖顶。只要看到尖顶,她就能看见衡尺。看见衡尺,她心里就会很安静,很平和。我想问她最近如何,她却容不得我插话,一个劲地讲着如何调酒。将酒和副材料放入调酒杯,顺时针缓缓搅拌,等手感冰冷时,过滤到杯内。然后摇晃。右手拇指按着壶盖,无名指、小指夹着壶身,中指及食指撑住壶身,左手无名指托着底部,拇指按住滤网,食指、小指夹着壶体。不停地上下摇晃,但手掌绝对不可紧贴调酒壶，否则，鸡尾酒会变淡。摇晃时，调酒壶要呈水平状，然后前后晃动。当调酒壶的表面有一层薄霜时，再用搅拌机打酒，再按酒的不同密度兑和。她细细密密地说完，我们沉默了很久。突然，她扑哧一声笑了。她说多亏和我学了格斗术，醉酒的人都不敢惹她。她最近还看了不少闲书，包括玄学、易经。按照算命书上的图像，她发现自己日月角有突起，那就是第 207 块。她还打趣说，日月角是父母宫，这儿多了块骨头，说不定哪天就多了个父亲呢。

看着关小月心情好，我也放心了许多。我说："关小月，你什么时候回国啊？最近我手艺进步了，来帮我尝尝蛋黄酥。"关小月说："我可是要品鉴费的。"我说："成，反正我钱多得没处用。"

后来，关小月又消失了大半年。巴黎的号码，早就停机了。我发了疯似的打听她。她妈妈嫁给了一个小老板，试管婴儿生了个男孩。她没什么朋友，大学舍友也不待见她。以前在巴黎，她认识几个中国留学生。那些留学生说，她们见不到她了。看着夜空，我不相信关小月和圣埃克絮佩里一样，消失在云里了。我不相信。外国有恐怖分子，有爆炸案，有枪击案，还有红了眼的变态杀人狂。不可能，不可能，我想着关小月的大眼睛，关小月细长的胳膊，关小月斜长斜长的影。

在一个月隐星消的夜，我的手机又响了。是关小月。她的声音低沉,沙哑,还有一点点疲倦。她对我说:"骆丹,我怀孕了。"

我差点没有拿住手机。很快,我又平静下来。怀孕总比枪击、爆炸好。

"关小月,你不会说孩子是我的吧?"我涮了她一口,想让她开心起来。

电话那头沉默了很久。我听见了她的泪。啪嗒啪嗒地走,啪嗒啪嗒地落。夜黑,路黑,人黑,灯也黑,我想起了她的肋骨,格楞格楞、一截一截的,像是断绫,也像是英雄末路。她怎么可能比我们多一块骨头呢?

"骆丹,算我求你,"关小月开口了,"你把孩子带走吧。我还有很多很多事要做。"

我也沉默了。那一瞬间,我想了很多东西。比如后山,比如艳河港,比如体育馆,比如桃花岛。每一样东西后面都有关小月扑闪扑闪的眼睛。我咽下了口水:"行。明天我就去订机票。你等我。"

为什么我没有去找她?我也没法说清楚。只是,在这通电话之后,我去了荔大的后山。关小月骗我的,那把测量人灵魂的衡尺,还埋在山上呢。总会找到的。仿佛找到了它,我们之间的问题就能迎刃而解。找着找着,我鼻子酸,去吃了小笼包。再吃一顿鸭血粉丝,等夜里爬上山,又会有一个关小月出现。

然而没有。我去了荔大西南角的斜桥，这个世界还是一样的歪。我又去了体育馆舞蹈房，练了一遍格斗术，拳法、腿法、膝肘技、关节技、反击技、组合技，我只是略知一二。后来我请假，去了桃花岛。我张开怀抱，往海里一扑，一瞬间，一切都没了声音。在宇宙里，我的手是轻的，腿是轻的，都是轻的。可是，怎么会听不到呢？

我从海里爬了出来。这下，没有外星人来救我。海水呛得我眼泪直流。我不管不顾，把双手在嘴周轮了一个圆，拼了命地朝大海那边喊着："关小月！关——小——月！"

没有什么回答我。海浪涨上来了，一卷一卷的，像那些年，关小月的丝光棉裙摆。我听见了，关小月在涨潮。主宰大海的是月亮。在万有引力的作用下，月亮对大海有吸引力，吸引海水涨潮的力叫引潮力，各处大海离月亮的远近不一样，各处引潮力也出现差异，月亮是运动的，各处引潮力也在不断变化，使大海时涨时落。是啊，我们也会涨潮。

回到老家，我继续埋首于文件、表格、活动中。闲了，就做做蛋黄酥。月亮般的蛋黄酥，躺在烤箱里，一寸寸地拱起来。我看着看着，想哭。关小月，你生下孩子，就是地球人了。关小月，你的孩子，就应该留在巴黎，它就是巴黎的。蛋黄酥快好了。浓郁的香味飘来，我轰然坐在地下。太恐怖了。这香味太恐怖了。对不起，关小月，欠你的，我是永远都还不清了。

没人拒绝得了董小姐

你要相信,有时候,一个群租房里,姓董的人会成为邻居。董雪君料不到自己会见到董小宛。估计董小宛也是。两人要好了一阵,董雪君考上了南京汤山镇的派出所,单位分了宿舍,她就搬走了。后来小宛也搬走了,去了姓董的人该去的地方。

董雪君相信董小宛过得很好,董小宛也这么想董雪君。董小宛有12条碎花长裙,12支深浅不一的口红,12个叫不上名字的男友。董雪君只有12支电动牙刷。做邻居的那会,董小宛总是说,男人不会因为你牙齿白就吻你。董雪君说:"你不会因为被男人吻多了而牙齿变白。"董小宛白了她一眼,说雪君是嫁不出去的。董雪君放下牙刷,端起杯子,口腔里呼噜几声,浊水带着咕噜泡儿涌出来了:"那你呢?什么时候嫁出去了,我给你包个大红包。"

这个大红包比想象中来得更早一些。董雪君正在处理汤山镇春季安全总结汇报材料时，董小宛发来了微信：雪君，在吗？下周我结婚。董雪君犹豫了一会，看了看手机日历。4月了，到下一个4月还要12个月。董雪君被这个念头吓了一跳。她从不是伤春悲秋之人，却在这个时候下起了绵绵细雨。雨是细的，是缎的，是绸的，是滔滔有声的。它下在她的心里，说要下到来年的立春。立春也好。董雪君潽开自己的身子，陷入木椅里。等到了初夏、大暑、秋分、冬至，都没有此时失落。每个人都在等待清明，为他人献花，为自己安身。

董雪君想了想，没有回。董小宛有12支深浅不一的口红，断了就扔了。董小宛有12条碎花长裙，冷了就穿不成了。董雪君有12支电动牙刷，无论是1月或是12月，充了电还能用。可是，小宛12个前男友往那儿一站，那架势，那威风。打篮球的那个最高，做律师的那个最帅，戴眼镜的那个有哮喘，喜欢吃阳春面的那个最可爱，足足的"十二金钗"。以前小宛总是说，要不律师做薛宝钗，眼镜男做林妹妹，剩下的各回各家，各找各妈。董雪君在一旁侧击，宝哥哥心仪哪个？小宛掰着她的手指头："你知道《红楼梦》为什么动人吗？"董雪君摇头。小宛眨巴着她的眼睛："前世与来世，都付笑谈中。"

春季安全总结会结束时，董雪君才想到有这档子事。距离董小宛的结婚邀请已过去三天。没事。要到下周呢。董雪君拿起手机，翻开微信聊天记录，小宛还是那个头像，一只青蛙。

小宛说，她就是青蛙公主，她要索吻，从来不会有人拒绝。也巧，董雪君下载了日本小游戏"旅行青蛙"。要是董小宛说她就是她蛙女儿，董雪君也没办法。给游戏青蛙准备行李时，董雪君总是想起小宛。想起小宛时，董雪君发现自己的心里突然变得好温柔，就像电动牙刷那样温柔。现在，她只能温柔地翻着小宛的朋友圈。这半年，她把自己嫁出去了，还去了好多地方。云南、青海、日本、柬埔寨，穿着她各色的碎花裙，涂着深浅不一的口红。某个瞬间，董雪君突然想变成小宛面前的相机。

董小宛不是那么容易放手的人。在董雪君整理好会议记录后，她来了第二条信息："我租了车，晚上6点出发去普陀山，就我一人，你来不？"董雪君一个不留神，差点跌了手机。现在是周五下午5点24分，还有6分钟就下班了，还有36分钟就到6点了。要是办公室主任让她加个班，她就直接回了董小宛。

办公室主任没有这层意思。董雪君感到失落，更多的却是狂喜。这种感觉，就像2008年大雪，他们年级在期末考试时，监考老师走上台，说：同学们，做好卷子，咱们就放假了。当即，前面两个男孩撕了试卷，扬上半空。监考老师一笑：你们两个，假期回来补考。和别人一样，董雪君是狂喜的。但也有种失落，恍若雪悠悠扬扬地落下，不知落到了哪里，可时间久了，它们就在那里。

这次董雪君回复了微信："6点？太早了。我还要收拾呢。"

小宛立马来了一句："早什么！说走就走。"

董雪君回了派出所后排的宿舍，收拾了一个背包，拿了钱、衣服、洗漱用品，就到了后门等董小宛。小宛豪气了，居然说租的是宝马，BMW 宝马。董小宛老是和她说，这时代不同了，没有白马王子，我们还有宝马王子。白马已经去动物园了，我们要看到宝马、沙琪玛、玛丽苏的重要性。这么说，没有宝马，咱还有沙琪玛吃，没有吃的，咱们还有玛丽苏意淫，差不了的。董雪君觉得她说得在理。这辆宝马，租得也在理。

三句话不出，董雪君坐在了金色宝马 5 系的副驾驶座位上。一落座，小宛就朝她身上喷了一阵香水：去去警察气。董雪君刚要说话，小宛又抢白：社会关系上，我是群众，你是警察。可咱们今天呢，说好了的，我既不是准新娘，你也不是官帽儿，你就是董雪君，我就是董小宛！说完，小宛朝董雪君抛了抛媚眼，咬了咬红唇：今晚，是我们的。董雪君笑了，小宛还是那个小宛。

宝马开出了南京，一路往南方去。晚风轻，暮色紫，夕阳圆润，月弯勾。董雪君妥帖地偎在副驾驶座位上，感到一阵阵的，像泉水拂手般、难言的恩惠。仿佛是天地的赐予，仿佛是人为的信赖。缺席天际的太阳，顿首浮云的月亮，一切都庄重地、深情地、纯白无瑕地凝视着她们。她们是垂枝的浆果，是大地阵痛产下的卵。风往她们的身体深处去，涉过慷慨的骨、热泪的海、失落的山丘、彷徨的无尽长廊，它终于抵达了，在不为人知的蹉跎背后。

"你知道吗？老顾睡过12个女人。"小宛松出左手，搭在车窗边沿。

"你是说……顾方万？"董雪君也松开了脑袋，望着小宛的侧颜。

"结婚前，他和我坦白了。"小宛的侧脸看不出任何表情。

"你介意吗？"董雪君坐直了身子。

小宛没有说话，她从中间的车道转到了左车道。

"雪君，你做得对。人必须买电动牙刷。把牙刷白了，天天也过得开心。"

董雪君转过了脸，她想起有两支电动牙刷已经坏了。最近，她想买韩国那个叫"露娜"的洗脸仪。仿佛把自己的牙齿、头发、毛孔清理干净了，她才能面对这个世界。不行，还要准备面膜、发膜、护手霜、身体乳，作为一个会空手道、跆拳道、擒拿术的派出所小姐姐，这些看来是多余的。董雪君不会告诉别人，她朋友圈里有日韩代购，还有欧美代购，她们都说：你喜欢的人，不一定属于你，你喜欢的东西，只要出钱，就是你的。她们说得多对啊，还是想想露娜要蓝色的，还是粉色的吧。

"我常用的电动牙刷，它的塑料纤维很柔软，坏掉的那两支牙刷机芯不好了，毛端从球形变成了筛子。就我而言，我觉得飞利浦的就不错，不损伤牙齿，也不损伤牙床，不仅能刷干净，还能给你做按摩。每个电动牙刷,都可以转换强、弱模式,开关就在牙刷柄上。充电干电池、牙刷头、电池盒、套筒,你都要好好爱护它。除了刷牙,你还可以按摩牙龈,轻轻敲打牙龈,促进血液循环,对牙周炎、牙龈出血都有很好的治疗作用。"

董雪君面前伸出了无数支电动牙刷,东南西北,上下左右。每个牙刷上都有一个微小的神,它们眼睛明亮,四肢铿锵。突然,董雪君看到了自身的云顶。若是死去,若是即刻死去,绵柔的云,逐渐阔大的星颗,凹凸的月。那些都是死去后要完成的事。

"前段时间,黛玉来找我了。"董小宛突然长舒一口气,嗅了嗅鼻子。

"你不会说的那个眼镜男?"董雪君思考了好一会。

"他说他什么都有了,房子、车子、票子,连病都有了。"董小宛放下悬挂的左胳膊,"他去年结婚了。现在,公司外派他去美国待上三年。我说恭喜你哈。他叹气。他说美国的三年和中国的不一样。我问为什么不一样,他说中国的月亮走一圈要思乡,要把酒,要暗香浮动,要近水楼台,美国就不同了,只要六便士。我说你怎么还是那样。他叹了一口气,说要还是当年,他也不会是那断月无情之人。我说你多大了。他说当时明月在,却照不到归人。我问他到底什么意思。他,他妈的居然哭了。"

"哭了?"董雪君不客气地笑了,"棒。"

"他们的微信,我都没删,"董小宛放慢了速度,转到了中间车道,"宝钗发了。他领了一宗离婚案,没想到那要离婚的富婆看上他了。那家伙刚去律师事务所实习时,晚饭都吃煎饼果子,而且是不加蛋的,你懂的,就是干面,生菜,还说要多抹点酱。转正时,我请他吃了必胜客。12寸的牛肉披萨,青椒都没给我剩下。回到家就抱着马桶呕。我说他自作孽。他说以后酒局多着呢,习惯习惯。"

两个董小姐都沉默了。

"其实,我自己能好到哪里去呢?"董小宛沉下身子,背部形成了一个完美的弧。"因为大家都不是好东西,所以才聚在一起的。当然,雪君,我说的不是你。你说老顾,就是那个土豪,一张手,情人节5200,三八妇女节8800,你可能觉得,大方,舍得,可他同样可以送其他女人5200,8800,加起来不过一顿晚饭的事。"

"我就这样把自己交代了。雪君,我不懂。我真的不懂。每个人都向往这样的生活,有吃、有喝,没有后顾之忧。可是,人是真贱。得不到就痛苦,得到了就无聊。雪君,婚姻并不是另一种形式的爱情,它只是伪装了的侥幸。为了活下去,我们创造了世界。为了创造世界,我们要走进婚姻,让更多人活下去。"

董小宛不说话了,董雪君看着前方。马路宽阔,面前并没有车。突然，小宛鸣了笛，声音悠长，宛如心碎。

在星辰还没有燃烧完毕前，董小姐们到达了山脚下。这里是普陀山。这里是浙江的普陀山。董雪君不知自己为何要加上"浙江"两个字。或许江苏也有普陀山，北京也有，上海有，西藏、海南、内蒙古都有。只要心怀虔诚，菩萨是不会在乎落身地的。神创造失去，是为了引出后悔，神创造后悔，是为了成就虔诚，神创造虔诚，是为了让我们对自身的苦视而不见。

普陀山的大门已经关闭，她们从边门上山。没走几步，董小宛突然跪了下来。董雪君问她怎么了。风一阵阵地拂过小宛的额发，她的眼睛闪着不一般的烁亮："菩萨在那里。"顺着她的眼睛看过去，雪君看见了那座33米高的南海观音立像。天如同蓝丝绒，云好似锦葵棉，观音端站，月满肩。一瞬间，董雪君感到了山动地摇。她想起她在这世上活了25年了，她想起她母亲生她时，下起了小雨，她想起她过世的爷爷、她听不见的外婆，她想起了童年迎风的丝巾，少女时代两块钱一盒的磁带，高考时猝不及防的感冒，褐色的地、青色的树，五彩的糖豆、透明的无穷。她想起了好多。原来岁月流逝，我们永远背离我们所珍视的东西。

许久，董雪君从地面上起身，天际点点缀缀地闪烁着，仿佛细细的霰雪，仿佛天惠时刻。小宛凑过来，拉起董雪君的手："我们去那里请三炷香吧。"

在普济、法雨、慧济三座寺，小宛仔细地，一个个地磕着头。董雪君望着她，感到了陌生。董雪君一直相信董小宛过得很好，她有 12 条碎花长裙，12 支深浅不一的口红，12 个叫不上名字的男友。董雪君只有 12 支电动牙刷。做邻居的那会，董小宛总是说，男人不会因为你牙齿白就吻你。董雪君说，你不会因为被男人吻多了而牙齿变白。董小宛白了她一眼，说雪君是嫁不出去的。如今，那 12 条碎花长裙，作了妇人的裹脚布，那 12 支口红，成了记忆里可有可无的蚊子血。她的"十二金钗"，那架势，那威风，也只能装得下 6 便士的月亮，12 寸的牛肉披萨。

出了寺庙门，她俩歇息在一棵菩提树下。董小宛仰着面，半望着天上的星，半放空自己，放着放着，她十指颤动，似乎在弹奏一曲钢琴曲。

"小宛，你还会弹钢琴？"董雪君从包里掏出口香糖，给了她一颗。

董小宛看着口香糖，恍若看着天上的星颗坠落，变成了她手上的陨石。

"没有，"董小宛突然啜了鼻子，"我也很期待自己能弹钢琴呢。说实话，我有很多很多期待，比如宝马、比如沙琪玛、比如玛丽苏。可是，有些时候，难免觉得有些东西并不重要。就在那些时候，就在现在，我期待我能弹钢琴，我能跳舞，我能写诗，我能给自己唱首歌。"

董雪君伸出手，把小宛额前的碎发顺了顺。她感到了熟悉的温柔。她感到自己在下雪,大的、小的、六边形的、五角星的。2008年的大雪,原来还在。她想起了撕试卷的那两个男孩,一个去当了北漂,一个成为了车间工人。过往的岁月,只是我们遵照的人生一种。她想告诉小宛,也告诉自己:人生,无论如何选择,都会后悔的。等真正到了临了,才会明白,曾经的后悔也是那么珍贵。

"小宛,原谅我,我五音不全。这样,我给你读首诗吧。"

没有等董小宛回音,董雪君自顾自地念了起来:

菩提本无树,明镜亦非台。
佛性常清净,何处有尘埃!
心是菩提树,身为明镜台。
明镜本清净,何处染尘埃!
菩提本无树,明镜亦非台。
本来无一物,何处惹尘埃!

念完,两个人不说话了。董小宛轻轻摆动身体,靠在董雪君的肩膀上。有种无法自明的恩情,有种穷山尽水的孤勇,也有种偶尔为之的仁慈。

下了山,董小宛提议坐轮渡去桃花岛,她说这次来,就是为了能赶上桃花岛的日出。初熹的时候,海面平阔,水绵绵,光纷纷,有鱼跃过,有鸟飞来,天气正好,恰能看见南海观音立像。她一直在想象这一幕。有时候,世间的某一瞬间,只属于特定的某一个人。

码头宛若立在海水中央,悠悠的,静静的。轮渡歇在岸边,亮着几盏油黄的灯。几个码头的工作人员走过,手里搬着机油、绳子。远方并不亮堂,看不到那座桃花岛。

董小宛把宝马开到了汽车舱,挽着董雪君的胳膊进入了休息区。休息区里的人并不多,几个船员,三两个乘客。小宛坐在了一个青年男子的身旁,董雪君挨着小宛坐。很快,男子就和小宛聊上了。男子叫乔伊,是岛上的人,在舟山工作,晚上就回岛上的家。小宛还是小宛,两人聊得热火朝天。对于董雪君,说没有失落,是不可能的,但她仍感到高兴。要是小宛变不回来,她怎么和顾方万交代,她怎么和自己交代。

乔伊说:"今晚桃花岛有一个海滩篝火晚会,大家一起吃烧烤,海鲜都是现捕的,也有牛羊肉,从舟山运回来的。"小宛笑了,好啊好啊,我肚子都饿坏了。乔伊又说:"不是免费的夜宵啊。你们两个人,可以打 8 折,还可以附赠两瓶啤酒。"小宛说:"不够不够,一人两瓶才刚刚好。"乔伊说:"要是你们醉倒在海滩上,我们可是要负责的,不划算不划算。"小宛眯起眼睛,"你不是说——你家就在岛上吗?"乔伊歪着头想了一会:"挺好,吃饭睡觉一条龙,我得回桃花岛发展旅游业。"两个人忽然大笑。董雪君攥着自己的背包,黑色的包皮硌出了电动牙刷的印子，董雪君感到些许的困窘。随即松开手，打开背包，找到口香糖盒，葡萄味的。

到达桃花岛，停放好宝马，两位董小姐就被带入了海滩。黑色的潮汐，一浪一浪地卷上来，远处轮船的灯火像坠毁的星子，一切仿佛宇宙被淹没，暗物质逃逸出来，暗能量无处不在，黑洞也在默默地攫取着光芒。

离这个宇宙不远处，坐落着一簇篝火，十来个男女，围着篝火，手持长短不一的串子。乔伊走过去，和他们介绍了董小姐们。高个儿男人递给董小宛两串皮皮虾，矮个儿男人递给董雪君3串秋刀鱼。烤盘上还滋滋啦啦地烤着生蚝，一个胖女人正挥洒烧烤酱。靠着烤炉的男人正在给大伙分发羊肉串。董小宛和几个男人聊着。董雪君一口气吃了5串羊肉串，才发现自己其实和董小宛一样。谁饿了不会吃呢？谁难过了不会哭呢？

没过多久，滩外的海鲜店送来了一只澳龙，人群躁动起来。男人撒着蒜末，女人添着粉丝，董小宛手里拿着塑料瓶。塑料瓶里装着食用油，瓶盖上戳了一个洞。董小宛挤着瓶身，油喷溅在澳龙、生蚝、皮皮虾上，蒙蒙一层光。董雪君拿到了一只烤螃蟹，正在拆爪时，董小宛玩上了头。她追着乔伊，边挤着油边叫喊着。海滩上显露出两排脚印，像电脑屏幕上挨个出现的字母。董雪君举着螃蟹爪子，挥舞着，小宛你当心点。董小宛似乎没听到。她的笑声仿佛去而复返的浪花，洁白、光亮，一声盖过一声。

笑过了,疯过了,董小宛又回到了篝火堆。高个儿男人说,光有吃的不能过瘾,要唱的,要跳的。胖女人说,要不咱们玩真心话大冒险,谁输了就唱,就跳。篝火呲啦蹿上天空。

游戏规则为击鼓传花,一说停,谁拿到螃蟹壳,谁就要选择真心话或是大冒险。

众人围坐在一起,董小宛挨着乔伊,董雪君挨着董小宛。游戏热烈地进行着,螃蟹壳到了董雪君手里,她愣住了。就是它,她刚才吃的那只螃蟹的外壳,圆溜溜的,多刺,泛着青紫色,就是它,就是它。她活在世上 25 年,第一次对自己说,就是它。就是它,杀死了老去的亲人。就是它,夺走了多汁的青春。就是它,让我们夜不能寐。就是它,让我们欣喜若狂,让我们黯然失色,让我们曾经沧海难为水,让我们君问归期未有期,让我们十年生死两茫茫,也让我们桃花依旧笑春风。

小宛贴上了她的耳,一阵酒味的鼻息:"你就别真心话了,套不出你什么的,上,跳舞去。"

董雪君站了起来,双手抱拳:"各位,我也不会跳舞,就来个擅长的,军体拳吧。"

踏步右冲拳、上步左冲拳、弹腿右冲拳、下击横勾拳、挑拨侧冲拳,董雪君拳头从腰间旋转冲出,拳心向下,另一只手放腰际,左右开弓,成弓步。一个后转身,右臂后击,左拳向前冲出,直捣黄龙。她大喝一声,双勾后击,右转身,两拳向上猛击,随后,她右脚向前踮步,左脚前移,两肘抬平,左右猛击,随后两拳变勾手,左脚成弓步,左小臂向上挑,右小臂往下砸,最后右拳收于腰间,左腿后绊,劈石斩金间,董雪君双脚并拢,恢复立正,手伸向自己的头顶,想去摘帽子,突然想起自己没有,只好朝众人笑笑,拨弄了一下鬓发。

一阵热烈的掌声。胖女人一边拍打着肥硕的大腿,一边用烧烤钳拍打着沙面,发出此起彼伏的噗噗声:"姑娘好身手!"

击鼓传花又开始,螃蟹壳到了小宛手里,她迟疑了一会,就在说停的一刹那,她扔给了乔伊。乔伊选择真心话。小宛举起了自己的胳膊:"我来问。"

沙滩上的一切是如此祥和。董小宛放下左手的啤酒瓶,拿起螃蟹壳,在乔伊眼前晃了晃,猛地向上抛起,又接住,她转着指尖的螃蟹壳,眨巴着眼睛,一字一顿、口齿清晰地说:"说实话,你睡过几个女人?"

哄闹的人群突然安静下来,12个人,24只眼睛,都看着乔伊。乔伊满脸的尴尬。董雪君用自己的胳膊肘捅了捅小宛,小宛没有理会,反而又说了一遍:"说实话,你睡过几个女人?"

高个儿男人咳嗽了一声,"那个,姑娘,你还是换个问题吧。"

"那好。"董小宛很爽快地答应了。"我过几天就结婚了,你可以睡我一次吗?"

大海不知疲倦地拍打着沙滩,拍打着众人的沉默。胖女人起身，去收拾烤炉的残渣。烤羊肉串的男人接了个电话。矮个儿男人说是去上厕所。众人稀稀拉拉地走了，高个儿男人拍拍身上的沙子，对董雪君耳语："天气还没热起来，大海的潮汐说不准的。"他也走了。

只有董小宛，一边紧紧地攥着乔伊的手，一边摇晃着手中的酒瓶，她说她有过12个男朋友，一个月一个，就是一年；一年一个，就是一个轮回。她和哪个都没能长久，哪个都没给她带来美好的回忆。就说她家黛玉，以前也就一个臭老九，现在好了，转行了，功成名就了，还有脸来找她。还有那个宝钗，不就一副好皮囊嘛！那个打篮球的，现在屁都不是，天天坐办公室，腰驼了屁股大了。还是爱吃阳春面的可爱，可是他只爱吃阳春面，每次约会都会吃，她实在受不了了才和他分手……为什么你们都一个德性，得不到就痛苦，得到了就无聊。你也是个渣男，我都这样了，你还爱理不理。现在，你放眼看看，大家都走空了，你就和我撂下话来，睡，还是不睡？

乔伊脸涨得通红，他把董小宛的手从他胳膊上捋下来，看也没看董雪君一眼，径直而飞快地溜走了。董小宛一个踉跄，手抡了一个圆，朝着他远去的背影大喊："没人拒绝得了我！"

醒来时，四周还是一片黑暗。董雪君觉得头疼，昨晚，她和董小宛一直喝到深夜。她不想喝，董小宛逼着她喝。小宛说："我马上结婚了，再也不可能有这样的日子了，我就要酸酸你，我就要劝你更尽一杯酒，我看谁能拒绝我！"董雪君也很无奈，拿着别人喝过的啤酒瓶,一闭眼灌了下去。喝着喝着,两人就没知觉了。她俩在沙滩上躺了一夜。董雪君也知道,许多醉倒在沙滩上的人,都被潮汐卷入大海,成为鱼虾的美食。而这一夜,她们被大海赦免了。

董小宛还在酣睡,董雪君小心把她翻了个身,换了个舒服的姿势。她坐在小宛身边,一个人自言自语。小宛确实美,不寻常的美。可这个世界,只有庸常才能享受足够的坚韧。人生在世,没带点悔恨,就不会感受到日出的震颤、日落的抚慰。董小宛的脸颊饱满清秀,眉毛疏落有致,鼻子坚挺,眼睛圆润明亮。董雪君用指腹顺着她的脸划过去:"青春啊青春,众生都爱你。你也宽待众生,你是众生的女儿,也是众生的慈父。"

四周依然一片黢黑。渐渐地,远方钻出了一丝白。董雪君走过去,来到了海岸线。海水冰冷,舔舐着她的脚尖。她蹲了下来,在沙子上画了一座佛像。黑色潮汐涌来,把佛像抹干净。一瞬间,这是这个世界只属于董雪君的一瞬间。原来,只有无穷,才是神要去的地方。

白光越来越多,逐渐地,又出现了橙光、粉光、红光。董雪君微微笑,回到了小宛身边。她还在酣睡,她没打算吵醒她,想象可比现实更能给人以希望。周围的黑暗逐渐稀释。没有人能拒绝青蛙公主的索吻。确实。董雪君掏出了手机。她的旅行青蛙寄来了相片,海边、山峦、树林、咖啡馆。那才是人类要去的地方。

你不能既当房东，又当租客

其实，我很想和你讲讲我老房东的故事，可是，这个房子已经不在了。没有了房子，老房东于我还有什么意义呢？我也不知道。那房子就住过我一个人。那房租我怕是永远还不清了。

贾黛玉让我分期贷款。这比一次性付清还要糟糕。这个贷款方式也奇怪，比如，吃鱼不能吃肉，长了疙瘩不能挤，到了夏天要打伞，不准吃夜宵。我照做了。毕竟我是亲自站在妇产科手术室外，隔着幕墙，看那些医生强拆强毁的。这也怪，每个女人都带着一个房子，她自己却不能住。

没了房子的贾黛玉，自是比那些包打尖包吃住的女掌柜矮了一截。但我的这个老房东，腿脚不是常人可比拟的。我爸着了狐狸精的道，她就开始练拳练脚。那时我还小，贾黛玉把我带进了民政局。她和我爸各领了一个绿本子，我爸问我喜欢哪一本。我说我喜欢红色的。贾黛玉当即一拳，把我爸打出了鼻血。她用他的鼻血抹抹自己的本子，抓着我的手走了。

我被贾黛玉带入了鼓楼区的一家私人健身房。贾黛玉可和老板说好的，我在体测室写作业，她在器械区帮带学员。一般来说，她教深蹲时，我数学作业就好了；卧推进行到一半，我语文练笔也完成了；硬拉之后是划船，划船之后是推举……她在跑步机上跑完5公里，我也听完了英语听力。健身房开不长久，我们打一枪换一个地方。

拿到大学录取通知书的那天，贾黛玉少跑了一个5公里。她带我去吃了肯德基。我说：“这东西脂肪含量太高了。”她说："鸡腿还是鸡翅？"我愣在那里。她又说："鸡腿吧，你们大学要跑2400米的。"说完，她把整个一个蛋挞都塞进嘴里，把腮帮撑得鼓鼓的："糖和油，果然长脂肪的东西都好吃。"蛋挞顺着她的食管往下滑，我的目光也顺着蛋挞往下滑。比基尼桥、腰窝、马甲线、美人筋、蝴蝶骨。该有的都有。

我放下了手中的鸡腿："黛玉姐，你自由了。"

贾黛玉获得自由后，整个人翻了个新。新在哪，我也说不出来。一栋屋子，没了房间，那它是啥？这可能要牵扯到哲学与物理问题了。贾黛玉不必懂这些。她存在着。22个器官为她存在着。206块骨头为她存在着。60万亿细胞为她存在着。整个地球也是为了她而存在着。贾黛玉就是这么牛。

牛一样的贾黛玉，却养出了猪一样的我。上了大学的我，严格地、缜密地违背了贾黛玉的教导。吃肉不吃鱼，疙瘩要挨个挤，出了太阳不打伞，顿顿吃夜宵。没过半年，我变成了满脸凹坑、皮肤油亮、满身横肉的黑胖子。黑了显瘦，胖了可爱，我望着镜子里的自己，却并没有感到难堪。相反，那个身材容貌俱佳的贾黛玉，才让我难堪。她找了一个男朋友，分了，又找了一个。在我成长过程中，这样的男人有两位数吗？我不敢多想。也许深蹲时，有人摸了她的屁股。也许卧推时，有人盯着她的胸。也许硬拉时，有人爱上了她烫的大波浪。这时，我才发现，我的黛玉姐，并不是我的。黛玉姐是全人类的。

寒假回家，黛玉姐说我是假的，有人把她的真女儿偷了。

我说，我就是我，不一样的人参果。

当晚，黛玉姐带我去了理发店。她问我，你要奶奶灰，雾霾紫，还是芭比粉？我说你干吗，打造一个彩色的三胖儿？黛玉姐一把揪住了我的耳朵，看看你的死样子，我花钱带你来换造型，是要你以后对得起这个钱。我一听不乐意了，对得起什么钱，你的钱，还是别人的钱？黛玉姐说，你别闹。我才不会善罢甘休呢，黛玉姐，你看看人家妈妈什么样子。黛玉姐啪地拧弯了我的耳朵，你也不看看人家闺女什么样子。

我们的战争并没有持续多久。原因是，她男朋友对我还不错。没秃顶，没肚子，没三高。我仔细问了清楚，不能白瞎了我的黛玉姐。男朋友叫什么呢，我叫她南叔。南叔请我吃南瓜派,苹果派,菠萝派。我说吃怕了,他又请我吃咖喱饭,芝士焗饭,海南鸡饭。我嘴巴塞满了东西,边吞咽着,边问他,你什么目的?你泡我妈妈什么目的?南叔略有些羞涩地笑了,小丫头,我想做你爸爸。我啪地拍了桌子:"我长这么大,我爸是我爸,我大爷还是我大爷。"

南叔没有怪罪我,反而带着我们娘俩去了上海迪士尼。在车上,我对南叔说:"你也老大不小了,有子女吗?不会让我黛玉姐生孩子吧?"黛玉姐又开始玩我耳朵。南叔呵呵一笑:"有,是有个儿子,在国外念书呢。"我咄咄逼问:"在国外?南叔你不会是富一代吧。"黛玉姐在我耳垂上留下了三个指印。我忍着痛,等着南叔的回答。南叔并没有回答我,只是顺手递来了一张迪士尼宣传单:"里面排队的地方多呢,你先规划规划。"

第一次去迪士尼,并没有给我留下什么美好的印象。和白雪公主合照,我像个小矮人;去玩过山车,我的安全带比别人多半圈。我顶着个硕大的米老鼠红耳朵,化悲愤为食欲,硬是吃了三个米老鼠汉堡。黛玉姐让我慢一点。我说,人生在世,吃穿二字,占不了两个,总要占上一个吧。黛玉姐说:"你怎么就知道吃呢。"我把嘴里最后一口炸猪排吞下去:"你什么意思,我长这么大,也没什么乐趣,也没什么指望,别人生来拥有的东西,我能仰望。现在我总算找到人生乐趣了,你黛玉姐不会连这个都看不得吧。"

黛玉姐瞪着圆溜溜的大眼睛。她的眉毛文过了,她去种了睫毛,美睫线也有。面颊涂着兰蔻,嘴唇抹着迪奥,连内衣都是"维多利亚的秘密"。20余年过去,她从来没有委屈过自己,那我何必委屈了她的女儿。

玩到深夜,我独自一个人待在宾馆房间里。他们在隔壁。也许他们在看书,也许他们在听音乐。我没有继续想下去。我想起了炸鸡,肥嫩多汁的炸鸡,咬一口,金黄酥脆;我想起了火锅,肥牛、虾滑、鱼丸,配上香菇酱、海鲜酱、牛肉酱;我想起了冰淇淋,抹茶的、海盐的、草莓的、焦糖的,第二个半价;我还想起了很多很多,啤酒,烧烤,狂欢,死亡。房间里的灯亮着,它总会熄灭的。我安慰自己。不远处的椅子映出了两个影子,一个是活着的我,一个是死去的我,它们互相对视着,从来不说彼此的好话。人大吃一顿后,是不该就此睡去的,无数的食物的本体,它们在我的身体里跳舞。吃掉它们,就意味着消灭吗。那它们的灵魂又算得了什么呢。如果我是一头牲畜,生下来就是为了成就死亡,那生有何慰藉,死又有何畏惧呢。我躺在床上,翻了个身。我想起了爸爸。我们生来素未谋面,我们死后天人永隔。

迪士尼的阳光,比想象中明艳一些。我站在窗前,看着外面。那一丛丛的人群中,有我的朋友,有我的敌人。我的朋友说我是她见过最丑的样子的人,而我的敌人曾经深深地爱过我。我是米老鼠就好了,我会有真正的、大大的耳朵,我会听见爱的到来。我是唐老鸭就好了，我会有扁扁的鸭嘴，和上帝说我将离开，和死神说我将永生。我是加勒比海盗就好了，我会温柔地杀人，虔诚地掳掠，在狂风猎猎的黑珍珠号上，张开怀抱，拥抱朝阳。我爱过我自己。我爱过我的妈妈。我爱过生命中的每一个人，虽然黛玉姐从来不曾承认。

回到了学校，按照黛玉姐的要求。我每天都记录体重，发给黛玉姐看。黛玉姐让我去学校的健身房，还给我买了一箱子鸡胸肉。我当零嘴吃了。没过多久，我的体重又上升了。黛玉姐说我不节制。我说，肥肉都变成肌肉了，不信你坐车，来捏捏我的肉。黛玉姐问我平时都吃什么了，她女儿怎么会是这样子。我对着手机屏幕张大嘴巴。黛玉姐问干嘛，我说，你看，你往下看，我肚子里到底有什么。黛玉姐挂断了电话。我知道，她生我气。我不是一个好女儿。换句话说，我不是她心中的好女儿。黛玉姐是给了我生命，但她没有给我盛载生命的容器。我像流水一样，可以是圆的，可以是方的，也可以是多边形的。她给了我起始，而出口要自己给。对着手机，有那么一瞬间，我的鼻子酸了。黛玉姐，你没有，你并没有。

除了我胖了，黛玉姐依然过着她的舒心日子。南叔带她春游了，南叔带她吃米其林了。南叔南叔，我对着电话骂道，黛玉姐，没想到你是这种人，满脑子都是男人。黛玉姐听乐了，你呢？满脑子都是脂肪？我说不带这么欺负人的，那男人把我妈妈带坏了。黛玉姐说:"你嘴凶,嘴凶。"我唆了唆嘴巴:"我嘴不凶,没啥味道。"

作为黛玉姐的女儿,我有了大麻烦。没想到,我逃过了思政课,逃过了英语四级,而没能逃得过体质测试。身高还是那样,别指望这年纪长个头。体重我是闭着眼睛称的,老师却嗓门洪亮地喊了出来,我心一横,腿一蹬,万夫莫开般地走了。不过就是一个数字嘛。我早就想开了。测肺活量的时候,我觉得我的对嘴有问题,肯定漏气,怎么只有2000多,不可能。仰卧起坐,别提了,我抬高屁股,把它猛地往地上一拍,利用弹跳力做了十几个。跳远?你没开玩笑吧?跳那么远干嘛,我又不是袋鼠。

后来我差点死掉。为什么?2400米,整整六圈操场跑道。对于黛玉姐来说,根本算不了什么,她每天5公里。对于我来说,就是索命的事。我装模作样地跑了一圈,躲在升旗台后面了。等他们再跑3圈,我就混进去。结果我被抓了。体育老师让我补上3圈。到了最后,我恨不得生物退化,变成猴子,四肢行走。等我到了终点,徘徊在鬼门关时,体育老师还是给我记了不及格。他还说,看你这个表,样样不及格,别想毕业了。

我一个激灵,赶紧回宿舍查看了学生手册。"体质测试不达标者,可重测三次。三次不达标者,不予毕业。"我扔掉学生手册,往床上一扑,捂在蓬松的枕头里,嘤嘤嘤地叫了好久,一口气上不来,我抬起头,双手把胸前睡衣往外一扒拉,好容易才吼了出来。

黛玉姐说，你自找的。她以前带过的学员里，六年级的小胖墩，从 150 减到 100 斤；生完孩子的刘女士，腰围减少了 16 厘米；还有顽固性肥胖、病理性肥胖、虚胖症、盆骨外倾、高低肩，她都碰到过，却没有见过我这样不知悔改的。我冷冷地说，你碰到的胖子多了去了。

我挂断了电话。我真的不是一个好女儿。我不知黛玉姐为什么要把我带到世上来。她的房子里应该住着别人。也许是身高一米八的篮球小子，也许是腿长一米二的长发女孩。我不该住她的房子，我亲手毁了她的房子。她的房子，本该不是我住。

五一节回家，我被黛玉姐捉到了健身房。她让我撸铁，一板砖 5 公斤的那种。我疼得哇哇叫。忍着。黛玉姐说。我喊一声"榴莲蛋糕"，黛玉姐给我加一片铁。我再喊一声"黄焖鸡米饭"，黛玉姐给我加两片铁。这是她的诡计，主要是告诉我，吃多少好吃的，就要付出多大的苦。喊道"北海道流心芝士"时，我实在举不动了，放下铁杆。黛玉姐问我哪里酸，酸了就代表用力了。我张开嘴巴：我嘴里酸，带我去吃炸鸡年糕火腿培根。

黛玉姐的拿手好戏，就是"赶猪上架"。不用鞭子，不用皮绳，她往那儿一站，圆圆的眼睛一瞪，你就觉得亏欠了她。为了逃离这种感觉，我只得往前跑，揣着满身的肥肉往前跑。好不容易养起来的肉，不是说放就放过我的。刚开始，我定了 4

档,后来调到了5档,黛玉姐干着急,说6啊,起码是6。我说,我办不到,世上无难事,只要肯放弃。黛玉姐说,她怎么生出一头猪来的。我说,这我就不知道了,问问你自己。黛玉姐脸色一变,说你怎么说话的。我说,我是小母猪,你就是老母猪,谁也逃不了。

不行,还是不行!黛玉姐把跑步机调到了8档。头向前,别四处乱看,膝盖弯曲,不能伸直,双臂自然呈45度角,来回摆动,身板要直,直起来!

像一头努力抬头望天的猪一样,我挺着身子跑着。跑着跑着,我在想,猪无论怎么努力,都看不到天空,但它一生吃好睡好,快乐无忧,那它们是亏了,还是赚了?这种哲学与伦理问题,也只有在跑步这种烦躁无聊的过程中,我才仔细琢磨。推己及人,这个星球存在过60亿人,大部分和那些猪活得一样,吃好睡好,快乐无忧,无须担心明天的天空是否变了颜色,那他们活得值得吗?就算我觉得不值得,或许他们不这么认为。所以,你们觉得我胖,我自己不觉得自己胖,所以不能下定义我是胖的,你们不能,黛玉姐也不能。

黛玉姐不知道,每当夜深人静、众人皆睡之时,我就起身了。我要吃,我要大口吃。吃掉冰箱里的蛋炒饭,吃掉橱子里的饼干,吃掉冰柜里的冰淇淋。我特别喜欢跑到阳台上,举起勺子,给月亮吃一口,自己再吃一口。月亮很客气,总是只吃一小口,不过我也不介意,吃掉它剩下的。月光静静地洒在阳台上，冰淇淋在我的手里融化，慢慢渗出水来。前天是香草味的，昨天是巧克力味的，今天是我爱的草莓味。挖一勺，再挖一勺。一瞬间，我觉得冰淇淋就是月亮，凹凸、有序、遥远。也就在那一瞬间，我眼角差点渗出泪来，浑圆的，滚烫的。我以为，我是香草；我以为，我是巧克力；我以为，我也可以是草莓。

黛玉姐瘦了。她瘦有她瘦的道理，过几周就是江苏省的健美大赛了，她必须把体重控制在52公斤以下。不巧，我正好放暑假了。放暑假意味着，我要回家接受惨无人道的军事化管理了。从放养到圈养，我自己也留了一手。黛玉姐每个月打给我的生活费，我偷偷存了一点。暑假两个月，不说鸡排蛋糕，至少火腿方便面都是有的。只要趁着黛玉姐出门，火速煮好方便面，泡上热狗肠，美美地吃上一顿，洗干净碗筷，各归各位，然后倒下垃圾即可。关键还要有电风扇，把味道吹吹。黛玉姐，论侦察和反侦察，你可不是你女儿的对手。

一早起来，餐桌上只有切好的橙子、剥好的鸡蛋白、焯过水的蔬菜，还有一杯淡而无味的牛奶。我装着样子，细细地嚼着，满足地吞咽着。黛玉姐问我好吃不，我皱着眉头，上下微微颔首，不错不错，橙子糖分正好，鸡蛋白香味扑鼻，蔬菜脆嫩，牛奶养分充足，极好，极好。黛玉姐敲了我一个爆栗子，说人话。我"呜哇"一声嚷了出来："你是想饿死你女儿吗？"

饿死事小，称体重事大。每天洗澡前，黛玉姐都让我上称，报数。我说我膝盖疼，体重秤太高了。黛玉姐说："我抱你上去。"我想，黛玉姐这细胳膊细腿，被我弄折了不划算。于是，我一件件地脱掉衣服，撒个尿，最好屙个屎，再吐吐口水，最后气运丹田，把身体里的气体放放干净，在黛玉姐深沉的目光下，迅速跑上称，再迅速跑下来。黛玉姐说多少，她没看清。我说黛玉姐你也真是的，有的人虚胖，有的人湿气重，你们健身教练也不是不知道，肌肉是肥肉的四倍重……黛玉姐伸出手，在我的五花膘上拧了个红包，我咽了口口水，说："肯定没你的男朋友重。"

说到黛玉姐的男朋友，我好久见不到他了。我以为事情黄了，跟黛玉姐要他的电话，给她出出气。黛玉姐说他忙着家族生意，过了这段时间就好。我说："果然是富一代，你要抓紧一点。"黛玉姐瞪了我一眼，我伸出肥壮的手臂，搂住了黛玉姐，把她的腰箍出了一圈红印："咱俩谁跟谁呀，20多年的交情了，我当然要你好啊。"

也就七八天的功夫，黛玉姐回到了少女时代的100斤。我说："'好女不过百'，你是好女人，我是坏女人。"黛玉姐白了我一眼。忘了说了，我的计划泡汤了。我在抖音上看人家吃火鸡面，也去买了两包。结果吃干抹净了，味道却经久不散。黛玉姐回到家，被家里的空气呛出了眼泪。我说隔壁人家吃洋葱、吃青椒、吃大蒜呢，我忘了关窗户了。黛玉姐不信，从我衣柜里搜出了另一包火鸡面。

我的存款充公了，还被罚三天不吃主食。这三天，可不是白白糟蹋掉的。我肚子在咕咕叫的同时，我的脑子在咕噜噜地转。趁黛玉姐午睡之时，我查了她的手机，加了南叔微信。

"南叔南叔，我妈好久看不见你了，想你想得午觉都睡不着，还不准我告诉你。我还是于心不忍，谁让我有个这样的妈呢，没办法。南叔，你到底想不想把我妈追到手啊，你要是有这个心，我这儿关于她的小秘密多着呢，你要是够有诚意的话，我还有一本'辣妈秘笈'……"

果不其然，再忙的南叔，也把我约了出来。我可是好好敲了他几顿。日料、西餐、韩国烤肉、新马泰料理、法国米其林，世界各地游了一遍。南叔在我对面眯眯笑着："够不够吃啊，不够再点一点。"就冲这话，我也爱上南叔了。不不不，我才不会和黛玉姐抢男人呢。不是流行什么"猫系""狗系""鹿系""食草系"男子嘛，我看南叔就是"父系"男子。父系南叔，总比母系黛玉姐大方些。突然，我有点向往有爸爸的生活。黛玉姐和那个人离婚之前，那个人对我其实还蛮好。他带我去坐小飞船，去玩打地鼠，去买芭比娃娃。而这些，黛玉姐从来没有对我做过。我不知道，当初带我走的为何是她，但即使跟了那个人，有后妈的日子也不好过。吃着咖喱饭，我闭上了眼。我们生下来，就住在一间柔软的房子。也许很久以后，我们也会把自己的房子出租给别人。我们的房东是谁呢？我们的租客又是谁呢？我们身带着一间粉红色、跳动的房子，为什么不给伤痕累累的自己住呢。

这下，可是黛玉姐发愁了。我没了钱，三餐被她严格控制，可体重还是呈等差数列般往上涨。我说都是喝水长的肉。黛玉姐不信这个邪。在健身房练完了，黛玉姐把我拎回家，叫我蹲着马步，双臂前举，与地面齐平，一手一个热水瓶。我浑身冒汗，手臂稍稍下滑，热水瓶上就多挂一个水杯。我咬着下嘴唇，我怎么可以把南叔供出来呢，供出来，我以后面对他的日子长着呢。黛玉姐又把我的手臂抬了抬。我已经没知觉了，我已经快休克了，我都看见孟婆了，好香好香的孟婆汤……我哗地往地上一坐，使劲地把嘴角的口水吸回去。

健身比赛那天，温度不高，太阳不大，黛玉姐烧的黑椒牛排也不咸不淡，刚刚好。我吃饱喝足了，往南叔的车后座一钻，悠闲地欣赏路边风景。南叔对黛玉姐说："你女儿真可爱，我喜欢她。"没等黛玉姐发话，我先说了："南叔，我好不容易长这么大，是给你喜欢的吗？"南叔哈哈一笑，说等比赛完了，请我们吃大餐。黛玉姐瞥了我一眼，说："我女儿太能吃了，这段日子也吃了你不少钱吧？我把饭钱还给你。"说着，黛玉姐从包里翻出一叠钱。南叔伸手，拒绝了她的钱："小钱，你别在意。"黛玉姐又瞥了我一眼。我四处转着脑袋："看，那边有一只狗，它在对着我们撒尿！"

　　黛玉姐到底是我妈，我这么聪明，她也不会笨到哪里去。不过这也太无聊了。我坐在比赛台下，一遍遍看着自己的手指头。一个箩，两个箩，奇怪，一个箕纹也没有。我又拽着南叔的手，一根根摊开，一个箩，两个箩，还好，有两个箕纹。我舒了一口气。人家都说，双手一个箩纹也没有的人，生来抓不住东西，我没能抓住我的老房子，我没能抓住我的爸爸，我怕我也不能抓住黛玉姐。现在，我想把黛玉姐交到有八个箩纹的男人手上，希望她能过不一样的日子。这一瞬间，我觉得，和她过了这么些年，她是我妈妈，但我不配做她女儿。作为她的假女儿，我真心希望，她天天开心。我希望，她不必受小胖墩的气。我希望，她不必每天帮胖女人量腰围。我也希望，她在深蹲、卧推、硬拉的时候，由衷地感到，她是幸福的，她是完整的，她是被爱着的。

　　比赛的音乐响起来了。首先是男子比赛，65、70、75、80、85公斤级、老年男子组、健体男子组，他们染着各种颜色的头发，浑身涂满了奇异的油彩。我说左边第二个像公鸡，中间那个像牛蛙，最右边的像葫芦娃。南叔呵呵一笑，没有回我。我又四处观望着，台下坐着不少迷妹，有的似乎是肌肉男的粉丝，有的似乎是亲友。突然，我感到了孤单。从没有过的孤单。一些人，有父母，有子女；一些人，有名利，有权势；一些人，有朋友，有敌人，有持之以恒的爱好。而这个庞杂而淡漠的世界，我只有黛玉姐。可是，我拥有我看见的星空，我拥有我心中的火星、木星、海王星。而黛玉姐，她拥有她看见的宇宙，她拥有她心中的星云、陨石、黑洞、暗物质。我们加在一起，何尝不比眼前所见，更加广阔，更加接近永恒。我抬起头，用湿润的眼睛看着南叔。南叔正看着台上走秀的女子组。我有点失望地低下头，南叔却握住了我的手，仔细磨着我手上的箕纹："小姑娘，你没谈过男朋友吧？我一惊，一时不知说什么。过了一会，南叔放开我的手，朝我抱歉似的一笑："你比你妈手感好，她呀，就是有点老。"

南叔毕竟是南叔，请了大家一桌大餐。对，是大家，我、黛玉姐，还有几个与黛玉姐关系好的姐妹，她们都是来参赛的。黛玉姐是小组第三名，她们的名次也参差不齐。南叔给每人点了一份木瓜炖雪蛤，说这是养颜的，我也喝了一份。南叔给自己点了一份枸杞人参炖牛鞭。我好奇那是什么味道，凑过去闻了闻。南叔对我眯眯笑着："你也来一份？"我摆摆手："我今早就吃了牛排，我妈烧得比哪家的都好吃。"南叔看了看黛玉姐，又看看我："小姑娘，要不你也尝一口吧，保证你难忘。"我的脸猛地一红，摆摆手，坐在了座位上。她们继续笑着说着，我想起了爸爸。我的爸爸不是那个人，也不是南叔。他是米老鼠，他是唐老鸭，他也是威风凛凛的杰克船长。这样的爸爸，会喜欢黛玉姐吗？我望着碗盘里剩了一半的草莓。黛玉姐有一个房子,她让我住了进去。我也有一个房子啊,我会让黛玉姐住进去吗?

这阵子忙完了,南叔又开始请我们出来玩了。到了瘦西湖,我们在荷花丛中荡起双桨;到了夫子庙,我们从巷子头吃到巷子尾;到了水浒城,南叔扮鲁智深,黛玉姐扮大小二乔,我扮演孙二娘刀下的肉包子……有那么一瞬间,我以为这就是一辈子。有那么一瞬间,我以为,曾经的微风,又吹到我的脸上,相爱的时光,在生活与磨难的夹击下,幸存下来了,它脆弱,它透亮,它有自己的时辰,超过横跨始终的时时刻刻。

那段时间,我达到了史上体重最高值。我成了一个快乐的死胖子。我在蔬菜里加满了沙拉酱,只吃蛋黄不吃蛋白,鸡胸肉一定要油炸,脱脂牛奶里加满了糖。黛玉姐看着我,你少吃点,你和我出去跑步。我听她的话,细细地咀嚼,慢慢地跑步。停下来时,我就看南叔的微信。在我的暑假结尾处,我翻着南叔的朋友圈,发现了一张照片有问题。这张是风景照,南叔戴着一副墨镜,站在风景旖旎的山崖边,傻笑着。我点开照片,放大,再放大,那副墨镜上,映出了一个女人的身影。

我说,那个女人一定是路过的游客,南叔托她拍了张照,也或许是南叔的远方亲戚,一起去旅游也无可厚非,再不济,也许只是生意上的伙伴,一起出差时,帮他拍张照片……但黛玉姐的那些姐妹很快承认了,比赛结束后,她们和我们一起吃了晚饭。当晚,她们就和南叔睡到一张床上了。我说不可能,那些姐妹嫉妒你,她们要拆散你们。黛玉姐没有回我话。过了一天,黛玉姐神奇地不见了。又过了一天,她又神奇地回来了。黛玉姐告诉我,南叔没有离婚,他所谓的家族生意都是他老婆的。他老婆常年在国外做生意,他就待在国内,花着老婆的钱,四处玩女人。

　　黛玉姐出门的那晚,我悄悄地跟出去了。在大街上走500米,她拐进了三牌楼旁边的一个巷子,又转弯,直走,左拐,西南角那里,是一座粉红色灯光的按摩屋,黛玉姐"咚咚咚"地敲着门。粉色的灯光刺激着我的眼睛,总会熄灭的。我安慰着自己。门后出现了一个男人的身影,似乎是南叔。我侧过身,只露了一只眼瞧着。一阵说话声。也没有多久,我听见了南叔的惨叫,随即是捶打的声音,脚踹的声音,还有"啪啪啪"响亮的耳光。

　　南叔呻吟着,我从暗处走了出来,用手机嚓嚓几声。我冷笑着:也让你老婆看看。

　　突然,南叔以闪电般的速度站起来,对着我满肚子的肥肉捣了一拳:"肥婆。"

　　黛玉姐扶着我,我扶着墙。南叔已经逃走了。我捂着肚子,胃里一阵翻滚。"哇"地一声,我把吃的全部吐出来了。不仅是今天吃的,还有昨天吃的,前天吃的,很久很久以前吃的,炸鸡、蛋糕、饼干、蛋炒饭、方便面,还有冰淇淋,香草味的、巧克力味的、草莓味的，它们全都离开了我的身体，飘飘荡荡，飞到月亮上去了。我眨巴着眼泪，看着星空，这漫长的宇宙，我拥有了什么呢？火星、木星、海王星，并不属于我，星云、陨石、黑洞、暗物质，也并不属于黛玉姐。我们唯独拥有的，不过是一间房间，一间从哪里来、到哪里去的房间。

回到家，我和黛玉姐张罗着，把屋子里打扫了一遍。我翻到了那个人给我买的洋娃娃，数一数，有七八个呢。小飞船、打地鼠、芭比娃娃，我的父亲，只不过是茫茫人群中，握有房间钥匙的其中一个。打开这个门，或许还有另外的门。打开这个人生，或许还会带来另外的人生。我闭上眼，把8个娃娃一一肢解了，胳膊、头、大腿、手，摊了一地：黛玉姐，请你快来给她们接生。黛玉姐，请你再一次把我生下来。

黛玉姐研究了半天，把A的头装了B的脚，又装了C的身子。我看着她，也看着娃娃，突然，我冒出了一句："黛玉姐，你的初恋是谁啊？"

黛玉姐朝我笑了："反正不是你爸。"

我还想和你们讲一讲我的老房东的故事，可惜太多太多了，我写不完。虽然这个房子已经不在了，但我还是要付房租，付一辈子的房租。也许还得清，也许还不清，可是那又如何呢。我住过那里，只有我最了解那里。每个女人都有一个房子，但做房客的，未必了解房东。做房东的，未必认可房客。房东都曾是房客，而房客必将成为房东。但是，你不能既当房东，又当租客。这个是黛玉姐告诉我的。如果再选择一次，我愿意再搬进去住。同样，如果再选择一次，黛玉姐，你来住我的房子吧。

黄　桃

芮姨是怎么死的？哀乐停止之后，我才问旁边的钱梦鱼。钱梦鱼说她也不知道。

那你是怎么生孩子的？我又问钱梦鱼。

钱梦鱼没有回答我。我觉得她穿黑色不好看。钱梦鱼和我一样高，但没我白。当然也不是很黑，热起来，还会泛着红晕。我觉得她穿艳色很好看，比如枣红、草青、湛蓝、柠檬黄。她喜欢和我一起逛街。我是不会给她挑黑色衣服的。黑色暗沉，老气。什么女神必备小黑裙，那是赫本才穿的。她是钱梦鱼。可即使她是钱梦鱼，到了芮姨的葬礼上，还不能免俗。这个芮姨，死得也巧，刚刚挨到小钱梦鱼满月。

我们去见了芮姨最后一面，在棺材前献上了三颗褐色的猕猴桃。本来想买黄桃，但找了大半个南京，都没得卖。芮姨躺在那里，细长的眼，扁塌的鼻子，薄薄的嘴唇，芮姨清瘦，像一把韭菜根似的。殡仪馆给她上了妆，和她不是很配。去年，钱梦鱼约她一起做的红指甲，似乎还有些许残留。要是暗一个色调，像赭红那样，会好看一点。不过有一点好，芮姨一辈子都没戴过眼镜，没戴过眼镜多好哇，就是快死了，还比我们早一点看见死神的到来。看来，芮姨事事都比我们强，事事都比我们争先。我还在发愣，钱梦鱼用胳膊肘捅了捅我。是云姐。这次还是云姐通知我们，也是云姐送我们来的。时候也不早了，我们要去河西万达广场吃麻辣烫了。

杨国福麻辣烫比以往冷清了一点。我拿了小青菜、生菜、豆腐皮、油豆腐、粉丝、海带、章鱼肉肠、关东煮、虾膏、午餐肉、鸭血。本来想点乌冬面，早上怕冻着，多吃了一碗粥。想想，我放下了面条。钱梦鱼正在产后减肥，没点肉。云姐去隔壁买了三杯抹茶奶盖，又买了三个秘制炸鸡腿。我们把各自的钱发给她了。鸡腿的味道还不错，比上次的韩式炸鸡好一点。不过还是肯德基的更好。没法，钱梦鱼老是嚷嚷，肯德基肯德基，有点创意好不好。我想想也对，钱梦鱼总是能说到点子上。

"小杨啊，"云姐夹起一根粉皮，粉皮又顺着筷子滑了下去，"你不能老是跟着我们女的玩，要考虑考虑个人问题啊。"

钱梦鱼脑袋跟捣蒜似的："杨晨晨，我们一样大，你看我女儿都满月了。"

"好好好。"我用筷子戳了一个肉丸，又戳了一个肉丸，双手搓着筷子,前前后后地转起来,"我和你们坦白吧,我在两个男人之间纠结呢。"

钱梦鱼凑了上来:"两个?哪两个?我认识吗?"

"当然,你们都认识。杨洋确实比李易峰帅一点,但李易峰比杨洋可爱一点。我都不知道选谁好了。"我把两个肉丸送进嘴里,满足地嚼着。

"切。"两个人像泄气的皮球,低下头,把手里的鸡腿啃得干干净净。

云姐一边倒车,一边跟我们说话。满口的炸鸡味,她说带我们去嗨一下。怎么嗨,她没说,这也正常。我刚到南京博物馆工作时,第一个认识的人就是云姐。说实话,叫云哥差不多。她个头高,身材颀长,留着短发,时而妖艳紫,时而芭比粉,最近爱上了奶奶灰。我还当她同龄人呢,一问,都结婚两年多了。不过,那时候她没孩子,现在也没有。

"云姐,你还没打算要孩子呀?"钱梦鱼从副驾驶座旁探出一只眼睛。

"哈。这个不能急。"云姐笑了起来,改了左车道。

"这个怎么能不急?"钱梦鱼又探出另外一只眼睛,"早生的宝宝聪明,而且,你能早点和她玩,给她买玩具,给她买小衣服,她长大了,你还没老。"

"哈哈。"云姐又换了中间车道,"你们年轻人的观念和我们不同嘛。我只想再玩会，等有了孩子，擦屎擦尿，多么不自由。"

钱梦鱼不说话了。过了一会，她把两只眼睛、一副眼镜都架在了副驾驶座上。"云姐，你别担心，我认识上海的一家医院，那里试管婴儿技术可好了。"

云姐怀不上孩子，南京博物馆都知道。她妈急，她婆婆急，芮姨也急。我觉得她自个倒不急。我们也不急。和我们有什么关系呢，又不是让我们带。有没有孩子，和这个国家，这个地球，这个宇宙有什么关系呢？街上随便捉一个就是，想多了干什么。

到了河西万达，钱梦鱼拽着云姐，要去抓娃娃。"云姐，我得培养培养你这方面的爱心。"

大一点的10块，小的5块，那个超大的每次20块。钱梦鱼一一给云姐介绍着。我知道的，钱梦鱼肯定会让云姐抓小猪佩奇。这条鱼，和网上说的一样，"一孕傻三年"，生了孩子，孩子还没大呢，就到处打听小孩子喜欢什么。喜欢什么，就喜欢小猪佩奇呗。这头猪有什么好的，但钱梦鱼喜欢。壁纸、桌贴、冰箱贴、手机壳、玩偶，能用上这头猪的，家里全都用上了。我说我不会去你家了，满屋子的猪叫。

果真，钱梦鱼把云姐带到了小猪佩奇前。硬币一枚一枚地投进去，数到20元，云姐握着操纵杆，钱梦鱼握着云姐的手，两人一前一后地抓起娃娃来。这头猪最大。启动剪刀，对准白线，剪断了，就行。剪了三趟，哗啦啦的，猪毛都没见到。钱梦鱼叹了一口气，让我来。我推辞掉了，我说我不喜欢猪，我喜欢人。钱梦鱼让我剪蜡笔小新，我说我喜欢女的。钱梦鱼让我剪樱桃小丸子，我说我喜欢大一点的女的，她居然让我剪美少女战士。我说美少女战士做成毛绒玩偶，不是一般的丑。钱梦鱼说，丑就丑。

　　花了一堆硬币，抓到了一只超级丑的水冰月。钱梦鱼倒是很高兴，把水冰月香肠一样的辫子拨过来，又拨过去。她说她女儿肯定喜欢。我不这么认为，但也没说。娃娃机旁边是游戏室，云姐说她去捞一拨金币回来。我们各自怀揣着50元游戏币，投篮、钓鱼、打地鼠。云姐觉得不过瘾，要去开摩托车。三辆摩托车空着。我死得早，掉进悬崖里去了。钱梦鱼绕过了碎石，飞过了悬崖，冲碎了三块广告牌。云姐开到了终点，居然还没有压线。我们喊着她老司机，带带我们。她带着我们打枪击战，一人一把机关枪。沙发上躺着三个，地板上的五个还在流血。云姐躲避，出击，爆头，个个死得酣畅淋漓。我殿后。钱梦鱼点了鸡血似的，捧着机关枪，到处扫射，大喊"杀！杀！杀！"。别打自己人！我朝她嚷着。嚷着嚷着，钱梦鱼 game over 了。她又抓起一把游戏币，继续。杀来杀去，我们仨觉得无聊。云姐出去买了三个无邪的抹茶冰淇淋。无邪的有点苦，西尾的比较甜、绵密，可惜前不久关门了。钱梦鱼说她还有西尾的储值卡呢。我说你怎么不请我们吃。她说前一年在怀孕,哪有吃冰淇淋的机会。我说你当心点,刚出月子,小心现在吃坏了身体。钱梦鱼说有什么要紧,要是他们逼她生二胎,她就去死。

我把蛋筒最后一截扔掉了,下面居然有巧克力。我是一个纯粹的人,纯粹的人有纯粹的活法。我们都是纯粹地玩,纯粹地吃,绝不会口是心非地睡觉。钱梦鱼说她兜里还有游戏币,于是我们又进了游戏室。钱梦鱼说她要玩刺激的,我们找到了拳皇游戏机。我随便挑了个角色,女的,屁股蛋儿都快出来了,云姐说是"不知火舞"。钱梦鱼选了个无比壮实的肌肉男,云姐说是"太阳神"。我很快就死了,像是被太阳神一屁股坐死的。钱梦鱼通了三关,到了火神那里。火神是个清秀的男孩,却把钱梦鱼打了个半死。云姐说,这个招叫荒咬,那个招叫毒咬。我搞不懂,也没必要搞懂。钱梦鱼却较了真,站起身子,额头青筋起伏,操纵杆哗哗响。钱梦鱼的血越来越少,火神一个飞踢,满屏的游戏结束。钱梦鱼涨红了脸,眼泪啪嗒啪嗒落了下来。我们都劝钱梦鱼,游戏呢,别当真。钱梦鱼忍不住了,啪地,两拳锤在了游戏机上:"凭什么他天天玩游戏,我要喂奶,上班,做家务!"

为了安慰钱梦鱼,我们请她吃了万达新开的鲜芋仙。一到周末下午,万达就特别忙,鲜芋仙里也挤满了人,矮的像芋圆,胖的像仙草,一个个熊孩子,一粒粒烂掉了的红豆。钱梦鱼坐在软皮沙发上，云姐斜靠着木板，我挤在了两个胖女人中间。左边那个胖女人老公出轨了，正在和她闺蜜诉苦。右边那个胖女人婆婆不好，老是挑刺，说她吃得多，干得少。什么时代了，胖女人说，我又吃不穷她的。她们说得都对，我不知道给谁鼓掌。桌上的感应牌响了，我去端了三碗芋圆。钱梦鱼要了薏米花生，我要了红豆番薯，云姐要了碗冰冻的烧仙草。吃着吃着，钱梦鱼笑了起来："你们这些人，什么都不懂。"左边的胖女人白了她一眼。右边的稍微把屁股挪了挪。只有我知道，她在说给自己听呢。

吃完芋圆，云姐说要唱歌。我们去了KTV。我刚才说过，万达忙，忙得连大包都没有了，我们找了个小包，包了1小时。包厢小是小了，还挺精致，有独唱台，有沙发，有水果，有扑克牌。云姐说她要唱会周杰伦的歌，我就和钱梦鱼打牌。掼蛋人数不够，三缺一也不够，我们就玩南京最近流行的干瞪眼。钱梦鱼手气好，前两局都摸走了大王小王，没意思。我们放下了牌，听云姐唱歌。云姐以前是学音乐的，还做过小学音乐教师。她提过，大学时，她可是校园十佳歌手，走到哪儿，都有一群迷妹。毕业了，父母逼她回南京工作，要是她留在上海音乐培训机构，说不定早发了呢。我对她说，什么培训不培训的，直接上《我是歌手》，我给你当经纪人。云姐说我说得对。可惜现在她老了，唱不动了。她说得我都伤感起来。大学时，我参加了摄影公社，走南闯北，说要做中国的卡梅隆。结果，考了南京博物馆的公务员，一辈子，从头望到尾。这样的日子有什么不好呢，没什么不好。过着过着，吃也吃了，穿也穿了，玩也玩了。

云姐唱了一首《青花瓷》，又唱了一首《七里香》，我们都说不好玩。我们点了周杰伦的《简单爱》，"说不上为什么，我变得很主动。若爱上一个人，什么都会值得去做……"唱着唱着，钱梦鱼跑调了。我想笑，但嘴巴停不下来。"我想就这样牵着你的手不放开，爱能不能够永远单纯没有悲哀……"钱梦鱼扑哧笑了出来，笑归笑，她又跟上了我们，"像这样的生活，我爱你，你爱我……"钱梦鱼摇晃着身体，朝我俩脸颊上各亲了一口。"青春万岁！"她把桌上的扑克牌撒上半空。

唱完了，我们在万达四楼随便走走。云姐说："不如我们去看电影。"我们在影院门口站了半天，不知看哪一部。云姐说，看《头号玩家》，里面全是电脑游戏，刺激得很。钱梦鱼摇头，她游戏都看吐了。我说看《环太平洋》，钱梦鱼说看《狂暴巨兽》。争来争去，最后我们决定看点播。我们一致要求看《生化危机》，杀僵尸，多爽。

女主角爱丽丝到了浣熊市，一路打打杀杀，肠子脑子胳膊肘。每爆一个僵尸，我都啜一口珍珠。冰淇淋是云姐请的，鲜芋仙是我请的，都可奶茶是钱梦鱼请的。我本来想喝草莓奶盖，抖音上面的网红奶茶，他们都说好喝。钱梦鱼要喝焦糖海盐奶茶,也是抖音上面红起来的。结果草莓奶盖卖光了。我要了血糯米珍珠的。奶茶还是买对了,你能想象人头在嘴里爆开的感觉吗。也许珍珠比僵尸多,也许僵尸比珍珠多,管它呢。被吃掉,被杀掉,世界上,出生的人和死的人总是数量相等。

从电影院出来,天色不早了。钱梦鱼嚷着饿,我们走了一圈。烤肉等的人太多,必胜客吃腻了,中餐没意思。最后我们进了"井田"日本料理店。没订包厢,三人就随便往单人桌椅上并排一坐。我左边是钱梦鱼,钱梦鱼左边是云姐。云姐点了两份寿司、一碟芥末章鱼,我点了鳗鱼饭、炸豆腐,钱梦鱼点了天妇罗、豚骨拉面。日料店送了我们茶水,尝了一口,没味道。本来想买生鱼片拼盘,还是太贵,毕竟是AA制。等的工夫,钱梦鱼看起了抖音,里面的小哥哥在唱日文歌《Plant》,听着听着,她也唱了起来,又跑调了。我在刷微博,某某明星又出轨了,某某歌手又吸毒了。云姐扑哧一声笑了起来,最近她做起了微商,看来又收了一个下级代理。有人说那是传销,我看不像。本来想让云姐顺便请客,又不好意思,前几天刚发工资。博物馆的工资能有多少,两三天花光的事。我也想找个事情做做,买了个烤箱,什么榴莲盒子、芝士蛋糕,差不了多少。周围的人都买过,赚了些钱,又花了。钱梦鱼比我们疯,怀孕的时候,还做直播,化了浓浓的妆,亮出滚圆的肚子。结果来真的,收到不少礼物,换了钱,请我们吃了海底捞。

这个钱梦鱼,吃了,饱了,居然还说要减肥。她说她比怀孕前胖了二十斤，可不是开玩笑的。我说你吃的时候怎么想不起呢。她说吃饱了才有力气减肥。云姐问她怎么减，她说万达五楼就是健身房，她有次卡，带我们去游泳。云姐说她没带泳衣。我说人家都办的是年卡。她说可以租泳衣，年卡太贵，她又不经常来。我说你抠到家了。钱梦鱼两手一摊："碍事吗？"

游泳池里人还不少。云姐挑了个美国队长的泳衣，平坦的胸部上铺着一个盔甲。我想租美少女战士的，但想到那个香肠辫子的玩偶，顿时没了兴致。最后我选了个条纹的，红的还是蓝的，我没在意。钱梦鱼选了粉色的，背后还有一个蝴蝶结。我们下水了。水还有点冷，钱梦鱼对救生员说要加温。救生员说要加几度。钱梦鱼突然乐了，指着我们说，能加几度就加几度，能把她们煮熟为止。我们也乐了，钻下了水。

潜入水里时，我突然想去喝咖啡。卡布基诺的，加牛奶，加糖。我挺喜欢喝咖啡的，有时是苦的，有时是甜的。苦的要一个人喝，最好窗外飘着雨，天气还有点冷。甜的要凑足了人数喝，喝着聊着，聊完了，打几轮牌，点一份牛排，然后去足疗店放松放松。说到足疗店，我喜欢和钱梦鱼一起去。南京城的足疗店我们都熟。捏完了脚，再去推拿。钱梦鱼的叫声是一绝，我常常笑出声来。

我呛了好大一口水，尿骚味的。吐完了，我又没入水中。水中的云姐成了油条，钱梦鱼果真变成了鱼。那我是什么呢，

134　黄　桃

说实话，我也不知道。喝苦咖啡时，我是一个我。打牌时，我是另一个我。摸脚时，那些长长短短的叫声，都是老老少少的我发出的。我分不清，也没必要分清，你能说云姐不是云姐吗。你能说钱梦鱼长了两个脑袋吗。

游了一会，我上岸了，用健身房的毛巾擦了擦身体。毛巾有点柴，像晾干的毛肚。擦了也扔了，我坐在池边的躺椅上。钱梦鱼在水里拍着水花。我在水里时有没有水花呢。可能有，可能没有。我有点想念在水里的感觉了。朦胧的，模糊的，所有声音都缥缈，所有颜色都若隐若现。24年前，我就在这样的水里活了10个月。具体情况我记不得了。为什么我是我呢？为什么钱梦鱼不是我呢？水在我们的身体里，水也在我们的身体外。也许我该回去。我站了起来，朝游泳池大声喊着。

钱梦鱼从水里冒了出来："杨晨晨，你喊什么喊？！"

"我想问你们去不去恐怖屋。"

"什么？恐怖屋？"

"万达地下室，新开的，听说很刺激。"

钱梦鱼像海豚一样，在水里跃出又钻入。

我又喊云姐。云姐像筷子一样，杵开了水面。

云姐用我擦的毛巾，擦了擦身体。钱梦鱼还在水里。

钱梦鱼你又不胖。我坐在泳池边上，水吃掉了我的腿肚子。胖了又怎么样，全世界三分之一的人都胖。过不了多久，大家都是胖子。你怕什么。我岔开我的腿，又落下，溅出水花，噗

野猪先生：南京故事集　　　135

噗响。

钱梦鱼又钻出水面:"我婚戒没了。"

云姐说钱梦鱼也是心大,带着钻石游泳。我说:"八成去了排水口,去了护城河,去了长江,最后去了大海,被鲸鱼一口吞了。"钱梦鱼努努嘴:"你们赔我。"我说我没钱。钱梦鱼说:"一个月一千八,分七个月。"我说:"钱梦鱼你抢劫呢。"钱梦鱼伸出手,一把把我拽下了水。我在水里打了三个滚,好容易冒出来,扶着梯子朝钱梦鱼喊,我赔你钻戒,你赔我命。一个月一万八,分一辈子。云姐抓住了我的胳膊,闹什么?一枚钻戒的事,我们去找管理员。

我早就料到钱梦鱼不安分。她长了二十斤,婚戒还戴得下吗?做梦。

"你穿条纹的不好看。"钱梦鱼对我吐着舌头。

"屁。"我白了她一眼,你穿蝴蝶结好看,好看死了。

"要你说。"钱梦鱼也白了我一眼。还是云姐的美国队长好看,有安全感。

"呵呵。"云姐拧着钱梦鱼的耳朵,"就你胸大。"

骂着笑着,电梯把我们送到了地下室。地下室暗沉沉的,恐怖屋在西南角。

"有鬼吗?"钱梦鱼攥紧了我的胳膊。

"没有鬼,我们来了干嘛?"

"鬼长什么样?"钱梦鱼把我胳膊掐出了红印。

我打开手机电筒光,从下往上照着自己的脸:"就长这样。"

钱梦鱼尖叫一声,连连往后靠。背后好像是云姐,她拽住了云姐的手。啪嗒一声,云姐的手断了。钱梦鱼哆哆嗦嗦地举起那只手,还淌着新鲜的血液呢。钱梦鱼打了个激灵,扔掉了断手,大叫着,捂着脑袋,不知道跑到哪里去了。

我一个人悠闲地转着。几只机械蝙蝠飞过来,又飞过去。肠子从我头上掉下来,滴着红色的液体,我用手接着,闻了闻,好像是甜的。又掉了几个人头,眼睛里泛着红光,嘴还在一张一合。一个举着电钻的僵尸朝我走来,嗡嗡嗡的声音。我对他说:"我不要我的头了,你帮我锯下来吧。"僵尸愣了,朝我摇了摇头,绕开我走了。几个清代的官服小僵尸跳了出来,我陪他们跳着,小皮球,香蕉梨,马兰开花二十一,二五六,二五七,二八二九三十一。他们跳累了,走了。我也继续走着。长发的贞子爬了过来,我拨开了她的头发,长得也没什么稀奇。贞子望着我。我说你用的无硅油的洗发水吗?贞子还在看着我,我说现在社会压力大,我也经常熬夜,头发掉了不少,用了不少中药西药调理,还偷偷买了章光101,根本没什么用。最近我在用生姜擦头,感觉味道很大,不喜欢,所以想和先辈学习学习。贞子说我们加个微信吧,我朋友在做养发生意,我推荐给你。加完了微信,我又向前走着。

好像进了一个屋子,屋子里一点光都没有。我正想打开手机照一照，却感觉面前站了一个人。我伸出手，人的脸，细长的眼，扁塌的鼻子，薄薄的嘴唇，整个脸都很清瘦，像一把韭菜根似的，没有戴眼镜。没戴过眼镜多好哇，分得清，辨得清，就是快死了，还比我们早一点看见死神的到来。我感到了一阵欣喜，随之而来的，是长久的恐惧。

"芮……芮姨?"我向后倒退着，想退出这个屋子，一路狂奔。

快了，快到门口了，那个人却一把拽住了我的手。我叫了出来，我抽不出手，那一瞬间，我想到了很多。刚进博物馆时，芮姨带我转遍了楼层。上班饿了，她给我吃桃酥、饼干，还有水果。下班了，她还会用小电驴载我一程。我没有对象，她还四处跟人张罗，我都不喜欢。她说，都是过日子的人，谈什么喜欢不喜欢，她还喜欢帅哥呢。

我的心里升腾出了一点点光。微弱的，温柔的光。我也握住了那个人的手。那是一层布，层层叠叠的布。我打开了手机灯光，面前是一具木乃伊。没有细长的眼，扁塌的鼻子，薄薄的嘴唇，也不清瘦。他的五官被白条布裹着，只露出一条缝，缝里是黑色漆亮的瞳孔。他是奥兹。我见到他，就觉得他是五千年前的冰人奥兹。

我和奥兹谈了很久。说不上谈，我听不清他说话。我说我最近做了一个梦，梦见我认识的芮姨死了，我去参加了她的葬礼。我的其他两个朋友也去了。葬礼后,我们去吃饭,打游戏,唱歌,看电影,游泳。后来我醒过来了,一个人哭了很久。我从来没有做过这么恐怖的梦。你能理解吗?理解不了也没关系。我自己都不能理解。

我又和奥兹一起坐了很久。突然,他伸出了他的布手,搂住了我。他好像说了话,也好像没说。我依偎着他,木乃伊原来是这个味道。良久,我又坐直了身子:"你要来支烟吗?"

奥兹眨巴着他黑色的眼睛。我哈哈一笑:"你又没有嘴。"

说完,我低下了头。我不会吸烟,也从来没有吸过烟。只是在这样的时刻,来一支烟就好了。

"奥兹先生,"我仰起头,看着他的眼睛,"你平常住在哪里?你有朋友吗?"

奥兹似乎笑了。他望着的地方,躺着三具古老而真切的棺材。

顺着尖叫声,我找到了云姐和钱梦鱼。云姐的脸色苍白,说她刚才差点被僵尸锯掉了头。钱梦鱼吓得直哆嗦,说小僵尸踩到了她的裙子,肠子弄花了她的妆容,贞子的头发有两米长。我说你们太逊了。钱梦鱼嚷着要出去。我说,我带你们去看看我朋友。

奥兹似乎不在家。钱梦鱼打起了哈欠。

我说:"我们躺进去吧。"

"躺进去？躺在哪里？"

我指着前方的三具棺材。长的给云姐，胖的给钱梦鱼，不大不小的给我自己。

大家似乎都累了。棺材正好，似乎是专门为我们定做的。房间漆黑。云姐打开手机，说她又收了一个代理。钱梦鱼说这里信号不好，看不成抖音。我说我有点饿，等出去了，我给你们做榴莲千层，金枕头树熟的那种榴莲。她们说好啊。

不知过了多久，我抚摸着自己干瘪的肚子："你们还记得芮姨吗？"

一阵漆黑的沉默。

我说："芮姨的儿子比我大两岁，一直没有对象。她老是把我喊到她的办公室，给我削黄桃吃。金色的黄桃，又大又多汁。今天吃，明天吃，后天也吃。吃着吃着，她就和我谈她儿子，不上进，没出息。我安慰她，男孩子成熟得晚。聊着，吃着。后来有一天，芮姨削了两个黄桃。我一个，她一个。奇怪的是，我的是酸的，她的也是酸的。我给她吃了一口，她也给我吃了一口。说得没错。然后我们还是吃完了。我回到了我的办公室，杯子里的水还是温热的。那一瞬间，我觉得人生也就这么回事。"

钱梦鱼的手机暗了下去："你们知道吗，我耍过芮姨。谈不上耍，就是和她开了个玩笑。我说我看过一个很好玩的电影。是爱尔兰导演麦格尼森的电影，叫《噩梦》。讲的是有一个人，站在楼下等公交车。后来，等到了一辆金黄色的巴士。他想都没想，上了车。巴士摇啊摇，一路都没停。经过了奶牛场，游乐园，还有空无一人的学校。最后到了火葬场。他不认识这里，就进火葬场问路。后来再也没有出来。然后，火葬场的看门老头又长出了一颗牙齿。每到牙齿长满了，他就把它们拔下来。这时，他已经有64副假牙了。芮姨说这么恐怖，她才不会吓自己呢。后来，她又和我说，她搜遍了优酷，没有这部电影哇。我告诉你们，我骗她的。根本没有这部电影。根本没有麦格尼森。"

我们仨笑了出来。云姐说："我告诉你们件事。从前有个男人，一直害怕自己会死。死了怎么办呢，死了住哪里呢。于是每天晚上，他都会带着铲子出门。他挖了一个坟。先是长方形的，后来是正方形的，最后，挖着挖着，变成了椭圆形的。椭圆形的多好，宽敞，还有弧度。然后，他又去种花，东方的西方的，蔷薇、玫瑰、矢车菊、大丽花。花长大了，又种树。树长高了，他又去买他喜欢的东西，说是陪葬。最后，他累了，满足地躺进棺材里，死了。"

我们又沉默了。云姐说："你们别不信。那个男人是我的曾曾祖父。"

再也没有人说话。她们俩好像睡着了。奥兹先生还没有来。我伸出胳膊，把棺材盖盖了起来。原本是漆黑的，现在更黑了。然而我想起了白。去年冬天，南京下了好大一场雪。我早早下班,等到了最后一辆金黄色的巴士。芮姨坐在我旁边。那时很饿,跟现在一样饿。芮姨从包里拿出一个黄桃。我没吃,只是坐着,双手捧着黄桃。芮姨为什么死了?我不知道。这个时候为什么会有黄桃?我也不知道。雪还在下着。

银面松鼠

枪响时，我看见了樟树脚下的羊肚菌，褐色的，掩落在一行青苔和狍子植物里，像布满了血管、风干萎缩、大小洞眼的心脏。羊肝菌松茸汤清淡别致，羊肝菌烧辣鸡鲜爽可口，加一勺高汤，炖一只猪脚，慢火烹煮，猛火收汁，将牛肝菌泡温水2小时泡软发，洗净牛肝菌，剪掉尾部硬蒂部位，切丝切粒切段，小红椒、小青椒、松茸、木耳，锅入油炒香，吊高汤添胶皮，最后加入这些干瘪撩人的小心脏。在枪响后的0.01秒，我在脑海里烹煮了一碗羊肝菌松茸汤，一锅羊肝菌烧辣鸡。热气腾腾时，我看见林老师眉毛下的两个弹孔。

林老师拎着我走，脚步尖而细，面孔像一盘铁疙瘩。我敛着脚，大气不敢出。在树枝草丛中，林老师呼一口气，把我松开。我捂着嘴喘，嗓子往喉咙口窜。等喘尽了，我往叶子缝外窥看。那三个人已经不见了。我坐下来，想把那些胀破的毛细血管都抻一抻。头顶上的树叶窸窸窣窣，林老师凑了过去。我稳住心神，想起来之前林老师说的，此行多艰。

林森木的一袭白褂，金大出了名的清汤面。无论是解剖小白鼠还是活剥小白兔，他都能保持上下白净。小白鼠的内脏丁丁卯卯，林森木把不染纤尘的白手套摘下。有些同学骚动了，他们约好去市中心吃火锅的。不过和别的系学生不同，他们不吃牛肚鸭肠。见多了，什么也不算，贪的不过是舌尖一点辣，唇齿三瓣酱。其他同学无动于衷，把有血污的手套扔进垃圾桶。林森木正正嗓子，想要说什么，又咽了下去。学生之间喧哗起来，三三两两地走出解剖室。林森木还站在那里。小白兔的脚突然抽搐起来。

我答应林森木，半是看在他与我的情谊上，半是看在南京中医院名额上。林森木选我做课代表，着实让我吃惊，相处了两学期，彼此也有颇多情谊。经常地，他发来邮件，让我通知学生们该做什么作业。有几次，他还请我去学校音乐吧喝咖啡。谈着谈着他又沉默起来，拿出他随身携带的白手套，放在朝南的位置。阳光落在手套上，闪现着不可思议的乳白色光芒。他说他女儿要是还活着，恐怕和我一样大了。我不说话，也不发问，林森木一直是未婚的，有了一个女儿，也和我没什么关系。基于喝咖啡这点，相比那些吃火锅的学生，我和林森木可亲近多了。而临近毕业，工作难找，林森木答应我，陪他这一趟，他可以帮我在中医院弄一个名额。我想，林森木要找的东西不存在，可是名额是存在的。于是，我们坐上火车，来到了平角森林。平角森林几无人烟，主要山形凌厉，地势多变，生物、气候、水洼都有不可预测的危险。林森木坚持里面一定有他要找的生物。我"嗯嗯啊啊"，满脑子想着南京中医院的合同聘用书。

我们是从铁丝网一侧的空隙里钻进去的。这一带是紫金山底下的一个小山脉，我一直觉得，紫金山山脚下是中国南方，越过去后是中国北方。说实话，我还没去过山那边的黄土高原，想想走出去后，天地黄黄，飞沙走石，心底有一丝蛇游般静谧的害怕，还有蛙行般聒噪的欣喜。我才24岁，穿过这座山，我就去看世界了。

穿过几个铁丝网，我们也算进了平角森林。森林里，鸟鸣恢恢，畜脚簌簌，剩下的声音，就是我们踏在落叶碎枝上的咔吱声。林森木老师走在前面，我走在后面。四周有红果子，绿果子，黄果子。偶尔踩到一些昆虫蚁蛇的尸体，鞋子上多了几行蚂蚁。我靠着树干抖鞋子，林老师说："嘘——"我定住了，树叶也心照不宣地垂下来。"听。"我悬着鞋子，头顶的树叶滴了一滴水，落在我脖子里，冷而冽。在秉持住的冷战里，我似乎听见了，那个叫作"银面松鼠"的生物。

林老师坚持平角森林里，有他追寻半生的"银面松鼠"。他说,"银面松鼠"属哺乳纲啮齿目中的一个科,一般松鼠科分为树松鼠、地松鼠和石松鼠等,其中岩松鼠和侧纹岩松鼠2种是中国特有动物,而银面松鼠属于侧纹岩松鼠的近亲,特点是全身银毛,眼睑短小,眼睛明亮,耳尖银毫突出,四肢细长,后肢较粗,指、趾端有尖锐的钩爪。尾毛银亮蓬松,常朝背部反卷。林老师说,"银面松鼠"较为稀少,只在动植物史书中有所记载,一般活跃在紫金山下沿地脉一处,据林老师所说,在平角森林的可能性最大。

平角森林对外是不开放的,但并不妨碍这儿有死人墓。墓有一些年头了,看样子死了很久了。林老师不顾我的恐惧,在前面开山辟路。这儿令人恐惧的不只是墓,也不只是丰富的稀缺动物带来的偷猎人,更有一些传说,当森林与月亮的角度从某种程度上达到180°时,会有不可思议的事情发生。这些都是流传在金大的传说。因此,平角森林常被唤作"紫金山百慕大"。

枪响了两声时,林老师命令我抱着包裹,弓腰前行。枪声离我们不远,看样子那三个人摸准了我们的路线。我低声问林老师,我们会不会被杀。林老师愣了一晌,说偷猎罪不至死,但恐怕要我们也沾沾血。我头皮一紧。沾沾血,就是让我们掉个把柄在他们手里。也许让我们杀一只熊猫,杀一只羚羊,更或者,让我杀了林老师,让林老师杀了我。任何一种我都是不愿意的。在这荒无人烟的森林里,把我们全部灭口,剖腹取心,挫骨扬灰，都似乎不是那么不合理。

我捂着自己的嘴，小心地踩过蘑菇、葫芦藓、地钱、鹿角蕨。林老师轻挪轻放，我也无声无响地跟着。很快，我们听不见他们嗦嗦嗦的脚步声了。我把心脏泵回胸口。林老师没有放慢脚步，折着手让我过来。除了踩到几只色彩鲜艳的虫子，一切都扑通扑通的，映照着透明的心跳。

下起了小雨。淅淅沥沥，落在树头、枝叶、地面上。天灰蒙蒙的，所有光都是叶子上油亮的水皮。脚下的树枝软了，不再发出"咯吱咯吱"的脆声。我和林老师披上了便捷雨衣。天往寒里过了，一阵风过，我浑身起了激灵。天也不早了，林老师从行李里拿出包裹，支起军绿色的帐篷。包裹里的打火机湿了，林老师从随身腰包里掏出一盒火柴，打了几根，终于生了一堆火。我包裹里有一些压缩饼干，就着壶里的水吃。太冷了，林老师不知在哪儿弄了一个青色硬壳的瓜，拿石头一砸，去除瓜瓤，在积水里洗一洗，就成了一个瓢。我们把水壶里的水倒进去，架在火堆上加热。柴火也有点湿，烧起来呛人。我从包里取了路上摘的羊肝菌、松茸，插在木枝上烤。林老师像是着魔似的，告诉我一个故事。当年，他4岁的女儿告诉他，有一种生物叫作"银面松鼠"，银色的，蓬松的，只要找到它，她就能痊愈。林老师没有当回事，女儿也死了。菌菇的香味蔓延开来。火衬得林老师的脸忽明忽暗。夜空爬满了银色蚂蚁。

我醒过来时，已是晌午。帐篷已经破了。站在我周围的有林老师，还有各持一把枪的三个猎人。高个儿攥着林老师的胳膊，把他摔在我面前。胖子举起一把枪，瞄准林老师。矮个儿上前一步，踩住了我的胳膊。高个儿发话了，今天5个人在这，只有4个走得出去。我看着高个儿，想必那张熊猫皮在他结实饱满的包里。高个儿问我们来这里干嘛。我说来找一种生物。高个儿顿时来了兴致，问是什么。我不说，看着林老师。胖子把枪抵到林老师的太阳穴。我举起手："是松鼠，'银面松鼠'。"

到底我们5个人都走出去了。高个儿对"银面松鼠"很感兴趣，他既垂涎于那张小小的、银色的皮毛，更清楚皮毛背后的价值。"银面松鼠"多稀罕。亏得这个不知何处的小东西，保全了我和林老师的命。林老师悄悄对我讲："耿火秋，尽力拖，尽力拖，找准时机开溜。"我暗暗点头，又和高个儿讲了"银面松鼠"的习性、作息以及经济价值。高个儿被我唬住了，用枪顶着我，让我在前面开路。胖子问林老师，这个松鼠会在哪里出现。林老师说："'银面松鼠'喜阴，耐湿，常常在河流、水洼附近的果树上。"高个儿信以为真，挟着我往河流方向跑。树木开始稀松，水流声越来越近。

开始，高个儿捏紧了我，命矮个儿和胖子上树寻找。过了会儿，他也有所松弛，边骂骂咧咧边用枪柄在树叶中拨，拨出一簇簇没来得及落下的黄叶子。矮个儿说，看见了，一个银色的小影子。胖子说他也看到了。高个儿示意他们小心，别吓着了松鼠。这时，不远处传来"扑通"两声。

林老师在前面游着，我熨在水里，凭着直觉前进，不敢出头。等三个人反应过来，水里开始冒水花。子弹斜着射进水面里，发出"促促促"的声响。我大气不敢出，就往前面游着，子弹擦过了我的腿肚子，有几条鱼扑面而来。

向晚了，一轮银盘端在深蓝色丝绒桌布上，几个面包屑散在周围。好一会儿，我才明白那是个四方形的天空。再把瞳孔往外拓展，是一个棚子。再拓展些，我看见了墙壁、挂钟、悬在半空的一把枪，和一个正在起火的背影。我舒展舒展胳膊，挪开身上的被毯，脚小心地在吊床下摸索鞋子。月光从四方形的天空里倾泻而出，照在我赤裸的脚踝上，像雪山上的小山丘。不知怎地，我心里泛出孩童般的欣喜。

月光笼罩着森林，也笼罩着大地、天空，以及半个地球。蝉翼包裹了树叶，云朵飞上了树梢。远处似乎有狼在嗷叫。天上的星星变幻莫测，巨蟹座变成了天蝎座，启明星与长庚星一起闪耀。万物静寂，只有篝火燃烧发出的哔啵声。我朝着那个背影走去，惊起了一片蝙蝠。

平角森林里有一个小屋子，我也料想不到。是谁在这儿生火作息？我攥紧了自己的拳头。篝火升大了，背影的周围，镀上了一层明亮的红晕。我走到他背后。背影还在往篝火里添柴，白色的发丝燃烧成为红色。我酝酿着，开头说什么话。背影喃喃，我已经 60 岁了，火秋。

我看见了背影的正面，一个疲倦的、沉默的老头。眉眼里有几分熟悉，就像离平角森林很远的城镇上，那些一辈子郁郁不得志的老人。他说，他叫岳山岭，和这座森林相处了 20 年了。我问他，可知怎么出林子？老头笑了一下，随心，就会走到心之所向。我又问他，有没有看到一个 40 岁左右的中年人，他也在河里游着的。老头朝我笑了一下，不置可否。我心里顿时沉了一下。三把枪，密集的子弹，我逃出来了，林老师未必有这么幸运。

老头用青皮硬壳瓜瓢给我盛了一瓢水。我问这种瓜叫什么。老头说，这种野瓜，森林里到处有，不能吃，也没毒。篝火里烤着一些羊肝菌，老头把熟了的给我吃。我咬了几口，看着脸部丘壑纵横、炽热而平静的老头。老头跟我讲了一些故事，什么小白兔大灰狼，还有一个小姑娘回家的故事。小姑娘喜欢她的家，喜欢她的爸爸，喜欢她从未露面的妈妈。她画过许多画，都是一些奇妙的景象。她爸爸问她画了哪里。她说那是她真正的家。我问老头，小姑娘画的是什么，老头摇摇头，都是一些长耳朵大尾巴、颜色奇怪的东西，它们在地上跑啊跑，在树上跑啊跑，在天上跑啊跑……

吃了一些东西果腹之后，我站起来消消食。说实话，这里离河流并不远，林子里也静谧。除了一些倒挂的蝙蝠，这个林子看上去无毒无害纯天然。月光洒下来，我不觉得恐怖。但想起林老师,也许他已经沉睡水底,也许他逃出来了,正在某个角落继续寻觅"银面松鼠"。月光继续洒下来,有一瞬间,我觉得平角森林要飞起来了,它最明亮、最安详的河水,正和月亮拉扯着不可思议的180度。我深吸一口气,拍打着自己的双手,就像起飞一样。

回到小屋子,我看见了屋子旁边一个长方形的坑。我问老头:"这个是干嘛的,蓄水吗?"老头漏出黄色的门牙:"埋水,埋米,埋人的。"我抖了一下。老头问我:"你来平角森林干什么的?不会就为了这一口羊肝菌吧?"

天不亮的时候,老头把我喊起来。昨晚说好的,老头陪我去找"银面松鼠"。这一带森林他最熟悉。然而我愣住了,他穿着灰不拉几的夹克衫、裤子,而手上,却是一双干净、洁白、簇新的白手套。我感到恐怖,不敢去问他。他自己却举起双手:河面上飘来的。

鉴于我昨天的经历,老头带上了墙上的那一把枪。他说:"平角森林偷猎的不少,活着回去的寥寥无几。那三个人见你目睹了他们猎杀大熊猫,不可能轻易放弃的,除非他们力竭而死。"我咽了一口口水。老头在前面走着,时而折着手让我过去。

越往里面走,植被的色泽越鲜艳,地钱、鹿角蕨也少见许多。我问老头:"我们在往哪里走。"老头头也不回,说什么生命短暂，世事无常。我不说话，瞅着周围色彩斑斓、奇形怪状的动植物，心里生出藤蔓，绕着老头手里那把枪。

夜深了，老头支起了军绿色的帐篷。一路上，我们采了不少果子蘑菇。老头在升篝火。我在水洼里洗蘑菇。等篝火冉冉时，我一屁股靠着老头，也靠着老头手边的枪支。老头把蘑菇插在树枝上，边烤边沉默。我又往他身边凑近了些。我问老头："为什么待在这个森林里。"老头说："你看到的不一定是真的。你知道平角森林的传说吗？"我摇头，说只知道180度的月亮。老头又笑了，说："你知道进平角森林到出平角森林，需要多长时间吗？"我摇头。老头笑了："20年，整整20年。小伙变成大叔，大叔变成老头。"

篝火升大了，映照在我们的脸上。老头的影子被拉得很长，而我的影子飞到了天上。哔啵哔啵的，还有风摇晃树木的沙沙声。蘑菇都烤完了。我又往老头身边凑了些。老头望着我，我迎上笑脸，说我知道一个故事。有一个小姑娘4岁时得了癌症，她的父亲是一位副教授。病发时，女儿很痛苦，稍微缓和一些，女儿就说，只要找到某种动物，她就能痊愈。如果她死了，让她爸爸带着20年后的她，找到那个随着180度出现的动物，一起杀了，她就会回来。后来女儿痛不欲生，父亲给她注射了20倍的多巴胺，然后把她埋葬在一个长方形的墓坑里。说完，我瞥一眼发愣的老头，一下子扑向那把枪。正当我快要触碰到那个冰冷的物件时，老头一个鱼跃，踢开了我，架起那把枪："去

——到帐篷里去!"

　　森林的清晨异常清新。帐篷外没有人,篝火也成了一堆灰烬。我随着自己的心,往前走着。动植物的颜色逐渐转淡,我脚步凌乱。逐渐地,我听见了水声。前面是那条河,我心知肚明。树木稀少了许多,我似乎听见鱼尾拍打湖面的声音。

　　站在湖水边,波光粼粼。我想起了那些传说,在平角森林里,渴求越重的人,老得越快。所以几乎没有人能从这里出去。湖面泛起银光。我又想起 20 年前的事情。那时我 4 岁,父亲说,他要出门去一个很远的地方。我问什么时候才能见到他,他说,20 年后,等找到了"银面松鼠",我们会再次见面的。

　　我的身后传来粗重的呼吸声,还有枪托在地上滑动的声音。是高个儿?矮个儿?胖子?我不想去猜。呼吸声越来越近,这个声音,仿佛戴上了白手套,把我架在手术台上,打开肚囊,扯开血管,剖肝挖心。我不去理会,只是看着静静的湖面。湖面一片温柔的银,涌动着、涌动着,我知道,那是无数只"银面松鼠",在里面游泳。

宇宙飞船

在霍金所说的那个世界之前，我们的宇宙是个摇摇晃晃的孢子。有一天它决定做些什么，于是它破开了。为了缓解疼痛，它隐匿了过于亮眼的星系。谁也不知道这些星系在哪里。可它们就是在那里，闪烁着我们看不见的巨大光芒。

哥哥说这些时，神情总是很忧伤。我不知道这个世界会有人为自己的诞生感到惭愧。"你知道吗？"哥哥转头看着我，"我们身上每一个元素、每一个分子都来自 140 亿年的那次爆炸。我们的眼睛，来自伽马射线下的一颗彗星；而我们的指甲，又来自于仙女星座第 8 颗红色星球上的一座丘陵。在我们出生前，我们的所有部分都已经存在。在一股温柔的力量下，我们凝聚成我们。而我们死去后，我们的所有部分依旧存在。在另一股神圣的力量下，我们完成了从此处到彼处的旅程。"

我不知道哥哥到底在说什么。但我知道他很了不起。他说的话，就像雪白的灯光照射在夜路上，我们穿行，消失，直至身后的白雪覆盖了脆弱的光芒。我依旧相信那些白雪。哥哥一个人立在白雪中，像一把雨伞遗落在四下无人的商场。我明白那种感觉。当独居的你打开冰冷的冰箱。当邮局寄来一封已逝世的老友的信。当苦练多时的你跑到了第一名，却无人与你击掌。后来，我和哥哥在夫子庙吃糖葫芦时，哥哥突然停住了脚步。我问他怎么了，他举起糖葫芦棒，说宇宙飞船舰队要起飞了。看着哥哥的笑脸，我才明白，这个世界宛如一道堤岸，哥哥的海洋从未涨潮。

哥哥拿着大学毕业证书回来时，阿爸正在切牛肉。这几年正是经济寒冬，企业效益不行。阿爸和妈妈讨论过多次，哥哥应该找个怎样的工作。哥哥常常和阿爸顶嘴，关你什么事。阿爸难过地垂下头。哥哥觉得自己是阿爸的外人。阿爸让他考个公务员，或者去银行。哥哥沉默。妈妈将辣椒酱和醋拌在一起，双手一拢，牛肉片排在了酱料碟边缘。阿爸热情地招呼我们吃饭，转身去了厨房，啪地一声，他拍碎了蒜瓣，碾碾细，刀刃一挑，码放在牛肉筋腱上。

"我不喜欢牛肉配大蒜。"哥哥说。

阿爸用筷子将蒜末拨了拨。

哥哥再没说话，他吃了两碗饭。我看着他的筷子在耳侧纷飞攒动。原来哥哥吃饭这么快呀。后来我喜欢上了一个爱吃饭的男孩。那个男孩爱吃学校门口的盖浇饭，我陪他去。大部分浇头都是我吃的，那个男孩吃了两份白米饭。我心疼他，同时也想起了哥哥。哥哥这么用力地吃饭，是为了抵御什么吧。他明明知道不是自己的错，却一遍遍地道歉。他是那种不把碗里的东西吃完，就感觉对不起主人的人。我和那个爱吃饭的男孩分手后，才体会到哥哥的艰难。米饭里有大量的葡萄糖，却又那么便宜。哥哥和我说过，天上的星星其实是神明撒的一把米粒，我们的地球也是，我喜欢他说的这些话。在日后的漫长岁月中，再没有人和我表示过对于宇宙的关怀。

次年夏日，我来到了这座以鸭血粉丝闻名的城市。哥哥没有成为公务员，也没有考取银行。哥哥在南京的哪个角落，我一直无法得知。阿爸说随他去。哥哥还是那时的倔脾气。阿爸和我说过，他第一次去妈妈家时，哥哥将家里所有饭碗摔得粉碎。阿爸将一只碗拼凑起来，摆在了哥哥的窗台前。后来，阿爸和妈妈结婚，又有了我，哥哥没有发一次脾气。然而这次，我觉得哥哥是真的生气了，他不是生我们的气，他是对自己生气。我不知道他什么时候能够原谅自己，直到春节过后的一天，哥哥出现在了我住所的门前。

"你有1号电池吗？"哥哥的第一声问候是这一句。

哥哥这大半年来在做什么，阿爸不知道，我也不知道。妈妈问过阿爸，阿爸说不要汇钱给他。我在南京一家美容机构上班，每个月都会往他的账号里存点钱。我很担心他，我怕他找不到工作，我怕他和别人打架，我更怕他吃不饱，全家的饭团太小，便利蜂的包子皮太厚，美好超市的代购太贵……我想起我们中学时的夏令营，我和哥哥一起来到了南京。哥哥请我吃糖芋苗，我请哥哥吃南京烤鸭，哥哥吃得那么香。我又点了一份金陵小馄饨、一碗赤豆元宵，哥哥全部吃完了。哥哥说，将来我们要是找不到他了，那他一定在南京。如今，我穿梭于南京各个他可能出现的地方，哥哥都没有出现，似乎从他消失的那天起，他就再也不必吃饭了。

我们之间没有一句对话。哥哥默默吃掉了我电饭煲里的剩饭。桌上摆着掏空了的咸鸭蛋，还有碟子里一摊玫瑰腐乳的红色汁液。哥哥的出现让我感到有点忧伤，我想让他留下来，橱柜里还有一套被褥。

哥哥拿走了半袋子咸鸭蛋，还有剩的小半瓶的腐乳。

我问他什么时候再来。

哥哥耸耸肩，也许他很快会再来，他还需要 5 号电池。

我去全家买了两板 5 号电池。它们整齐地排列着，串联……并联电路。我闭上眼睛，仔细搜索着中学物理知识。我将那些电路画成了人的脸，方的脸，扁的脸。哥哥皱起眉头，哥哥给那些脸添上了头发。我扑哧一声笑了出来，哥哥又给它们加上了腿，我点了几根腿毛，随后我们将试卷上所有的电路图画成了脸。

突然，哥哥对着法拉第的电磁旋转图愣了神。"彩铃啊，"

哥哥说，"地球的南北极会电磁互换的。"

"那会怎么样呢？"

"那时候，四季、日夜都会没有意义，一切都被倒置了。"

"那我们应该怎么办呢？"我问他。

"我们应该离开这里，"哥哥笃定地说。

我没有问他如何离开这里。我喜欢听他讲这些故事，这些故事不需要开始，也不需要结束，只需要此刻。此刻，我在这里听他讲。此刻，他告诉我这些宇宙的奥秘。

可能就在哥哥走后，我稍微理解了一点他说的话。黑洞是一种茧状的生物，它选择隐藏自己，并默默吞掉那些疼痛。我不知道黑洞会不会哭。那些黑色的小眼泪一滴一滴掉落下来，又被它们的主人吸了回去。我为黑洞感到悲伤，它是个什么都需要自己消化的可悲生物。想到这，我好想抱抱黑洞。它应该流泪，它有流泪的权利。可是它从未被看见。很多很多东西，就像哥哥说的，很多东西是看不见的。然而它们存在。它们一直在跳动，扑通扑通，在我们尚存温暖的怀抱里。我仿佛抱着一个瑟瑟发抖的小鸡崽。这是我们的宇宙，这也是我们。

我将冰箱一角的苹果拿了出来，它在那里待了好长时间了。

我将苹果一笔一画描了出来，它已经缺水皱缩了，可我觉得它还是很美。苹果的每个瞬间都很美。哪怕它腐烂了，也有逝者如斯夫的哀愁之美。我勾勒着苹果的每一道皱纹。看到皱纹，我想起了生命中所有珍贵的瞬间。我物理考了 100 分，哥哥考上了一所好大学，阿爸在哥哥的升学宴上喝得酩酊大醉。他说，彩铃要是考上了大学，他会白酒红酒葡萄酒一起混着喝到天亮。很遗憾，我没能看见这些晶莹的液体在阿爸身上发挥的奇妙作用。

"哥哥，我们死了会去哪里？"那年正在习画的我，问身边读书的哥哥。

对于宇宙来说，哥哥放下书。对于我们广阔的宇宙来说，并不存在死亡。"死"只是一个闸门，我们从这个世界去了那个世界而已。我相信我会去车轮星系，做一团星云，一颗恒星，一个蓝色的小陨石。当然，我的陨石寿命完成后，我还会成为其他的东西。所以，对于我们这些渺小的人类来说，我们不会死，我们只会衰老。

艺考时，我交上去的就是一幅星系图。我并没有考上那所大学。但我知道哥哥是对的。

哥哥并没有和我要5号电池。我在那家小美容店里，给人按摩头皮、去除黑头、疏通筋络。我有这样的能力。从小，哥哥就说我有描绘事物的卓越才能。我不知道什么叫作"描绘事物"的才能。后来我渐渐明白，我能将哥哥的故事复述出来，我能勾勒一个苹果的轮廓，我也能重塑一个人面部身体的曲线，这都是在描绘事物。我很感谢神明给我的这个才能。也许此行一路有孤独，有悲伤，也有情难自已的心动，但一直陪着我的，是我的这个才能。哥哥已经提醒过我了。

在等待哥哥来拿 5 号电池的日子里,我谈了一段平静的恋爱。男孩是我们美容院的顾客。他腰椎不好。他给我买了两束玫瑰,一盒巧克力。我们去了游乐园、公园、咖啡馆。后来,他带我去南京建邺区的奥体中心看了演唱会。嘈杂的歌声中,他接了一通电话。然后他就和我分手了。

"窗外的麻雀,在电线杆上多嘴……"

彩铃啊,男孩转头看着我。我和你说件事,别生气。

你说什么?我大声说着。

"手中的铅笔,在纸上来来回回……"

彩铃啊,对不起,她回来了。我们分手吧。

你再大声点。说这话时,我已经猜到了。但我只想听得清楚些。

"秋刀鱼的滋味,猫和你都想了解……"

我说——男孩喊了起来。周围的观众们纷纷回头,看着我们。我说——我们分手吧!

一瞬间,舞台上的一束浓烈炽热的黄光照射在我的脸上。好了,全世界都看清我的表情了,我有点生气,甚至想把脚上的鞋子拔出来,扔到他脸上。然而黄光一闪而逝。周围的观众们回过头去,手拉着手,唱着歌。我当了一秒钟的家庭伦理剧主角,随后被遗忘。

男孩已经不见了。

"雨下整夜，我的爱溢出就像雨水……"

我拉起了旁边女孩的手："我能和你一起唱吗？"

女孩露出同情又理解的表情。我们握着手来回摆动着身体。

那天，我把嗓子都唱哑了。回到家，我煮了一碗咸鱼蒸饭。这是哥哥最爱吃的食物。我那时真想念哥哥呀。他总是把咸鱼肚留给我。小时候，临近年末时，阿爸总是夜里出去钓鱼，他说大鱼喜欢在夜里活动。他确实钓到了不少大鱼。他将大鱼剖开，去掉内脏，均匀地抹上盐粒。那时，我闹着要养猫，阿爸还把我打了一顿。

阿爸寄来的咸鱼还有一大长条。我一直想给哥哥，但我联系不上他。我知道阿爸不会给他寄咸鱼的。也许妈妈正在做腊肠，肯定会给哥哥留一份。哥哥从没喊过阿爸"爸爸"，但阿爸还是供他吃饭，供他读书。我知道阿爸是个顶顶好的大好人。不然阿爸宁愿养猫，也不会给哥哥做咸鱼饭。

接到哥哥电话时，我正在兰州拉面馆吃羊肉泡馍。那天下午我有两个客户约了做身体，美团上还有几单零散生意。

"彩铃啊，下午你能来我这儿一趟吗？"哥哥有气无力地说。

"怎么了？今天下午吗？"

哥哥"嗯"了一声。

"你在哪里？"

哥哥告诉了我地址。我知道那里，那里是南京江宁区的一个角落，租金便宜，地方又大，就是靠着江边，太冷。我在做美容时，经常听顾客提起，江边的水汽很足，到了冬天，四周会非常冷。我想象着哥哥捂在被窝里，听着江水一遍遍拍打堤岸的声音，一瞬间，我也仿佛盖上了毛毯。

"哥哥，你能等我一会吗？"我得赶过去。

"嗯，不急。"哥哥挂断了电话。

我叫了一辆滴滴出租车。南京城穿梭在我的发尖上。有那么一瞬间，我以为我能刺破这个古老而繁华的都市。并不然，我的头发扬了上去，飘摇着，如同一只黝黑的手安抚着这个满是伤疤的城市，我有点怜惜它了。我想，如果以后我成为了一颗星球，有了自己的城市，我愿意还用这个名字。出租车路过了繁华的新街口，嘈杂的三山街，我从没想过，这些地点、这些人物、这些情节，都是与我有关的。它们就像雪一样落在我的记忆里。哥哥在南京读的大学，我经常去看他。他带我去了梅花山，又吃了正宗的梅花糕。梅花糕太烫了，我含在嘴里舍不得丢，又被烫出了眼泪。哥哥哗地一下把我的嘴合上，我刚想叫，那一口梅花糕就被我吞了下去。哥哥又给我买了一份梅花糕，说幸福是双份的。想着，我紧紧抱着我怀里的保温袋。里面是拉面馆最好吃的羊肉抓饭，两份。我得快点见到哥哥。

兴许是多日未见，哥哥的食量又增大了许多。他吃完了两份羊肉抓饭，又从冰箱里取了一些冷冻饭，热了热，拌着羊油吞了下去。可他还是那么瘦，在我记忆中，哥哥从来没有胖过。

妈妈曾经为此着急。但哥哥的个子蹭蹭蹭地长。妈妈曾经说漏了嘴："可真像他啊。"随即，妈妈又不说话了，脸埋入了油烟机的阴影中。我听到了。阿爸也没说什么。阿爸并不高，还比妈妈矮一点儿。我也没长高。不过这并不影响我成为哥哥的跟屁虫。

小时候，哥哥打架从来没输过。但他不喜欢打架。他的个头算巷子里同龄人中最高的。我喜欢让他攥着我的双手，在原地打转。哥哥力气大，总是能把我抡得离开地面。这种离心运动游戏，哥哥称作"飞上太空"。他告诉我，在宇宙中，人是没法好好踏在地面上的，稍微一不留神，人就飞起来了。我咯吱咯吱笑着，让哥哥抡着我旋转。哥哥还告诉我，如果他是地球的话，我就是月球；如果我是地球的话，他就是太阳。我们的手臂，就是牛顿叔叔说的"万有引力"。因为哥哥说的这些话，我的初中物理还考过 100 分。阿爸很高兴，说彩铃将来也是搞科研的料。后来物理复杂了起来，离心率、力矩、加速度，我头晕脑涨。提到数字，我就头疼。这是遗传阿爸的。早些年，阿爸做了些店面生意，因为不会管账，全都亏了进去。但阿爸还是开开心心的。别人说我功课不行，阿爸反驳过去："我家彩铃可是拿过 100 分的。"

看着哥哥抚摸着脖子下的食管，喉结咕咚咕咚地上下，我居然有点于心不忍："我说哥哥，你要是没饭吃的话，就到我这儿来吧。"

哥哥不说话。他伸出舌头,将碗边缘的饭粒收进嘴里。

哥哥你好歹回家看看妈妈吧,我们都很担心你。

哥哥放下碗,垂下头。我也沉默着。突然,哥哥站了起来,拉着我的手:"跟我来。"

打开那扇门,我被里面的景象吓到了:一个茧形的铁制机器,完美而均匀地立在卧室中央。我放开了哥哥的手,不由自主地向前走着。机器不大,但够一个人坐在里面。它的外形是由黄色、红色、白色的破旧汽车外壳焊接而成的,四处连着电线,尾部有个类似于煤气罐的设备,机器里面的座椅,看得出是一个平底锅。

我的哥哥要坐着平底锅飞上太空了。我想笑,努力地弯了弯嘴,但我又感到哀伤,是的,哥哥要走了,哥哥注定要离开这里的。

"你真的要走了吗?"我问哥哥。

"啊。"哥哥似乎在想着其他事,被我一问,反而吓了一跳,"彩铃能帮我找个废弃电脑吗?我需要控制系统。"

"嗯。"我想了想,"我觉得你还需要对讲机。你要是去了外太空,没人和你说话,多无聊啊。"

"说的也是。"哥哥掏出了手机,又放下。

"我觉得现在中国网络点还没有覆盖到地球外面。"我说,"哥哥,你再留一段时间吧。"

哥哥矮下了鼻梁:"彩铃啊。"

"什么事?"我说。

"彩铃啊,我是说,最近过得……唉,我真不是个当哥哥的。"哥哥埋着头,我能看见他脑袋上青色的发迹丘壑。

"我更想知道哥哥过得好不好",我说。

哥哥垂着头,靠在茧形机器边上,一不小心触动了按钮。喇叭响了起来:"倒车,请注意,倒车,请注意……"

我俩扑哧一声笑了出来。宇宙里是没有声音的,哥哥曾经对我说,宇宙是沉默的,它不需要你告诉它什么,而它什么都知道。如果你到了宇宙,想和你身边的人说话,哪怕你和他贴着身体,贴着耳朵,他也听不见你在说什么。这多么让人难过啊。你和那个人两小无猜,或者,你和那个人无话不谈,但到了如此浩瀚博大的宇宙空间,我们都无法理解对方。这让我和宇宙有了一点芥蒂。我不想让哥哥去那里。即使那里能让哥哥一跳三尺高,让哥哥能飞起来,让哥哥感到开心。即使那样,我也不会同意的。

"你过得好就好。"哥哥冲我笑着,"你们不要担心我。"

离开哥哥的住所时,我看见了厨房旁边挂着的两条咸鱼,特别大,特别长。一条已经被切掉了一半。哥哥还是那个胃口。江水不知疲倦地拍打着,我想我和哥哥,以前隔着一张床的距离,而现在,他在遥远的江宁,我们隔着长长的一座南京城。我穿上鞋子,走入凛冽的江风中。

知道了哥哥在哪里，我心情变得开阔了许多。美容店里来了一笔大生意，去帮人家集体婚礼化妆，说是什么世纪婚礼，这些新人都是元旦时认识的。当时造成了不小的轰动，许多情侣都报名了。这99对新人，都是精挑细选的。我收拾好化妆包，关掉了汗蒸室的灯。老板说今天没有顾客预约。我将美容店锁好门。

坐在地铁2号线上，我凝视着窗外。从这个角度，我只能看见宇宙的一半。另外一半，在我的身后。哥哥看到的是哪一半呢，东一半，西一半，还是左一半，右一半？我被我的念头快逗笑了。如果我和哥哥背靠着背坐在一起，那我们看到的是宇宙的全部吗？想到这，我突然原谅了生命里的那些孤独。每个人的孤独都是一半的，你一半，我一半，当我们相遇，我们就会拥有完整与繁盛。真幸运啊，我有哥哥。是他告诉了我这些奥秘。这条地铁人流涌动，又有多少人能关心头顶上的宇宙呢？我们曾是这个宇宙滋生繁衍出来的病毒，而我和哥哥一样，想成为它真正的一部分。

婚礼在草坪上举行，99对新人正热切地观望着各自的亲友。我握着眉笔，真心祝福他们的人生真如元旦那么美满。我画出了眉峰，又画出了眉尾。

主持人高声讲解着。现场人很多，几个孩子打翻了蛋糕，中年妇女们聚在一起聊天，新人们又对阴云密布的天气表示着不满。今天不适合宇宙飞船的发射，我脑子里冒出了这样一句话。我仿佛看见了哥哥大口大口吃蛋糕的场景。我希望明天、后天、大后天,甚至余生中的每一天,都是阴天。

婚礼进行曲响起,妇女们拉住了来回跑动的孩子。新的蛋糕被推了出来。主持人宣扬着爱情的不易,追光打在他的脸上。我突然想起那个男孩,不只是他,还有那个爱吃盖浇饭的家伙,他们现在生活得如何?他们现在应该也有爱的人了吧?我感到释然。似乎生命中所有人的出现,都是让我们变得更好一些。更好的你,更好的我,哪怕这个"好"非我所愿,那也是我们必须到达的地方。一对对新人走了出去,后面的跟上来。就像宇宙。对。我想起了哥哥的比喻。星系撞击、迸裂、重组,好比免疫细胞吞噬树突状细胞一样。原来我的身体里也有一个小小宇宙呀,我感到幸福。

草坪婚宴开始了。我吃了水果、蛋糕,喝了橘子果汁。一个小男孩啃着羊骨头,桌上还有一碗被挖得遍体鳞伤的米饭。小男孩的母亲让他慢点吃。他"嗯"了一声,扔掉羊骨头,把半张脸埋进饭碗中。几粒米掉了下来,像星星。男孩放下了碗,又跑出去拿里脊肉串。那只碗坐在桌子上。神奇的是,它正一点点、一寸寸地往上攀爬着,似乎空气中有一个透明的阶梯。碗和桌子间出现了空隙。这些空隙一点点地变大,宛如太阳挣脱了地平线。那只碗停在半空中,平稳了一会,"嗖"的一声,飞走了。

我手里的果汁掉落在地上,没有人注意到。妆容整齐的99

对新人举起了酒杯。

哥哥让我去一趟。他已经将宇宙飞船搬到了江边。今天很晴朗，万里无云。

行驶在过江的隧道里，我的眼泪止不住地涌了出来。出租车时快时慢，车窗外的风景抖动着。我相信不是我的眼睛，而是这个世界在呼吸，剧烈地呼吸，它太疼了。它每呼吸一次，就会有许多看不见的东西消失，又有许多看不见的东西出现。我不知道我失去了什么，又会得到什么，但我和这个世界一起痛着，一起体会着时光的碾磨与碎裂。我的哥哥，我的哥哥去了外太空，我会发了疯似的想他的。可是，我的哥哥，他在外太空怎么吃饭呢？他需要筷子、碗碟、牛肉、咸鱼，阿爸的蒜末他也不会拒绝的。可是，外太空有什么？除了无边无际的寂静，深入骨髓的寒冷，我的哥哥能吃得上饭吗？一碗碗饱满的、喷香的、热乎的白米饭，捧在手心里，进入食管、胃部、大肠、小肠，最后成为我们的一部分。我的哥哥……我感到心痛。

江边有哥哥高高瘦瘦的身影。这里是江宁区的一个小小堤岸口，如果真的飞上天空，我感觉它会是一个小小的嘴巴，向这个世界倾诉着什么，又或许只是一个伤口，一个痛的冷的无言的暗示。哥哥似乎比那个宇宙飞船还高。哥哥朝我招手，一遍遍地。我知道，他不是在和我打招呼，他是在和某些东西告别。他背负着它们太久了，如今他要脱掉它们，轻装而走。我朝哥哥走着，脚下是褐色的江滩，一枚枚泥脚印跟随在我的身后。我面前的是没有泥脚印的宇宙。而后面的宇宙却拥有了我可爱的脚印。

"哥哥，"我站在他的面前，"你记得小时候我问的问题了吗？"

"什么问题？"

"你对我说过，地球的南北极会电磁互换的。那时候，一切都会被倒置，四季、日夜都会没有意义。然后我问你。我快哭出来了。我问过你，那应该怎么办？"

"嗯。我是说过这些。"哥哥回避着我的目光。

"我知道怎么办了。"我放开紧咬的嘴唇。"我期待那个时刻的到来。到了那时候，你是妹妹，我是你的哥哥。那时，我来保护你，我可以保护你，我会带你去任何地方。"

哥哥抽了抽鼻子，眼圈红了。他转过身，坐在平底锅上，关闭了舱门。

倒车，请注意，倒车，请注意……喧闹的叫声中，我咧开嘴，想笑，眼泪却啪嗒啪嗒地往下掉。也许很久的一天，我有了自己的家庭，我的女儿问我，她的舅舅去了哪里。我该如何回答？我应该说，她的舅舅就在天空上吗？明明哥哥没有死，明明哥哥可以好好地活在这个星球上，难道我要告诉她，我的哥哥被外星人抓走了吗？

"噗"的一声，宇宙飞船尾部的煤气罐憋了下去，整个飞船抖了一下,静止了。

哥哥喘着粗气,闯出了飞行器,他攥着我的手,拉着我飞也似的跑,泥泞的江滩上出现了两排脚印。

"卧倒!"哥哥大喊着。他扑进了烂泥里,我也是。

也不知道过了多久,哥哥抬起了满是烂泥的脸。两个泥人互相看着,不说话。

"我以为……我以为它会爆炸……"哥哥哗然笑了,却有两行泪碾过了烂泥。

"它不会爆炸,我会爆炸。"我站了起来,从上往下捋着烂泥。

"对不起啊,彩铃。"哥哥喃喃着。

我交叉着胳膊,嘟着嘴,哥哥愧疚地看着我。我倏地拉住了哥哥的手,沿着长江边跑啊跑啊。阳光照射在江面上,一片亮眼的平阔。一艘巨大的轮船和我们一起跑着。可是无论我们如何跑,我们的速度似乎都比它快,而与此同时,我们又跑不过它。对,参照物。哥哥和我讲过这个物理原理。参照物是用来判断一个物体是否运动的另一个物体,它能说明一个物体是在运动还是静止。就比如我们坐在地铁里,对于地铁来说,我们是静止的;对于地面来说,我们是运动的。就是因为这个原理,我打败了班里的物理课代表,考到了 100 分。

我和哥哥跑到了一块礁石上。

我的双手在嘴边环成了一个圆:"宇宙——你听见了吗——

周彩铃要保护周宇宸——永远永远保护他——"

哥哥站在我身边。我不知道哥哥怎么想的，但我觉得，似乎只要喊出哥哥的名字，哥哥就真的成为了哥哥。

"彩铃啊，我是叫周宇宸啊。"哥哥嗫嚅着。

"是啊，哥哥。"

我们坐在了礁石上，我们的腿来回拍打着空气，江潮来回拍打着礁石。

"哥哥，你知道吗？"我看着哥哥。妈妈告诉我，她见到阿爸时，哥哥还没有名字，哥哥的名字是阿爸起的。宇宙的宇，北极星的宸，王者的宸，阿爸说，哥哥以后是会做航天员的。搞不好，还会称霸宇宙呢。我问阿爸称霸宇宙是什么意思。阿爸说，就是像奥特曼一样，维护正义，打败怪兽。我那时还不高兴，这么好的名字，居然给了哥哥。

哥哥抬起头，看着天空。

"你知道太阳离我们有多远吗？"

我没有回答，哥哥也没有再问。我知道哥哥是高兴的。他为他活在这个星球感到了由衷的高兴。

回到美容店，我洗了个澡，打开了汗蒸室的灯。里面很温暖。我将衣服晾晒在里面。满屋黄色的光，照耀着我。我不再不知所措，我不再渴求温暖，我不再用自己锋锐的边缘，来试探彼此之间错落的空隙。

不知过了多久,我脱下了被汗水浸湿的汗蒸服,换上了一身干燥的衣服。还是没有顾客。我铺好了美容床。床是窄小的,仅仅能容我翻身。我洗了脸,打开小气泡美容仪,躺在了床上。

　　美容仪里呼出雾气,蒙蒙地照在我脸上。我有了窒息的感觉。我想起了一件事,在我还小的时候,经常和哥哥去水码头玩,我还不会游泳。有一次,哥哥在岸上玩耍,我在岸边捞水草,一个不小心,我掉入了河里。那时,我真正地体会到了失重,宛如悬空一般,脚探不到底,蓝色的天空越来越远。河水灌入我的喉咙里,我没有喊,只是闭上眼睛,享受着这种身在宇宙的感觉。我会回到那里,我终究会回到那里。哥哥离我远去了。就像"飞上太空"游戏一般,他拉着我的胳膊。只是这一次,他真正把我甩到太空里了。

　　我被哥哥救了上来,哥哥自责了好久。

　　我睁开了眼睛,雾气朦胧中,我笑了。哥哥和我说过霍金,霍金进入太空,可以躺着,而宇航员要进入太空,也是躺着的。除了容易固定外,还和人体的结构有关,当人体飞离地球时,他所要承受的重力比平时多好几倍,平躺的话,能减少心脏给身体供血的负荷,宇航员会更安全一些。

　　我躺着。等待起飞。

羚羊小姐

我启程。我到哪里去。我要到杀害我的人群中去。有人砍去了我的头颅,有人烹煮了我的手。杀人者从来不遑多让。在刀剑下,我们更要学习诗歌。学习春的繁芜,学习雪的荒凉。神启在我们脊柱上,各自相间而视。

天暗了,月涌出,像水影裹挟的鱼钩。我移动时有风,白色的风,神迹般的风。所有抵达都暗藏真相。在我背后,走远的是金陵森林大学的校门。暮色那方,黑的,银的,沉默的车,所有沉默都说出了真相。一辆金黄的出租车,挑着一担夜色,缓缓地匀住,喧喧地静了。我攥着拉杆,三步两行,羽绒服的貂毛领搔着耳垂,一扑一扑,一耸一耸。一带闪着银光的轨迹暗下去了。我拍打着出租车的玻璃,看到了杀人者之一。

月晕,星光,霓虹。柠檬色的臂膀,绯红的血细胞,鼠海豚般的银色脊背。出租车载着玄色的道,芥色的意绪,豆色的往事种种,汩汩地向前。前方闪着零丁的红粉,大概只是一个弹指的时间,车刹住了。一弹指等于二十瞬间,一瞬间等于二十念。反之,二十弹指等于一罗预,二十罗预等于一须臾。一日一夜有三十须臾。由此可见,我在构建了共在,秒针将宫殿夷为平野。我蜷紧了身子。窗外悬着伏特加般的清亮,那是遥远的宇宙所在。司机斑马轧低了身子,还有二十八秒。他回头瞥了我一眼。常见的金边眼镜,细洁的眼,顺绰的鼻梁,厚厚的皮毛,像黑白的云垛子:"放假了?"

我的喉咙喑哑,闪进无边的夜色里,欣欣然踅足回来,踏着嘴唇。很短促,像镀了金的回旋镖,抹了疼,我咳嗽起来。舌头是爱谎话的,牙齿却抵挡着所有不真实。我卷起舌头,如同鲸鱼交媾:"今年放假挺早的。"

出租车猛然出去,油油的绿,忽醒忽眈,忽颤忽明,巍巍地捋过车顶。几辆电瓶车跃过去,纤薄的大弧,像暂缓的嘴角。我轻轻后靠,两个肩胛骨戳着椅背。车轮发出吭哧吭哧的声音,斜裁了灰色的地面。车身燥起了一股热气,前窗蒙上一层白色透明布。

"考上森林大学不容易啊。"司机斑马开了腔,"我儿子还小。等长大了,也考金陵城这最好的学校。多远我都开车去接他。"

"挺好。"咽、腭、舌、齿、唇、鼻腔、鼻窦、胸腔一一过滤，只剩下两个字。

司机斑马沉默下去，出租车平稳地滑行。转过这个弯道，是一条长长的直路。一眼望穿，终点是一座座果褐色、镶了蓝边的山脉。九乡河这个地区，多山，多霾，多舛。橘色的车灯照出了杂乱悬浮的尘埃。我弯曲了脊柱，把重心落在了椅背上。总有理由相信，我们存在的星球也是尘埃。月亮炱炱地半缀在空中，山脉流淌着烁白的脓。

也是过了许久，我的眼才稍稍撑了一寸。这不是那条路。九乡河的山，从没有过如此多的名字。司机斑马的后脑勺开始产卵，红的白的花的蛾子，扑棱棱飞出来，餍住了我的嘴，我感到窒息。周身一片阒静，听得见血滴坠下的声音。这边是山，那边是山，哪边都是山。车门是锁住的。疙疙瘩瘩的山路，偶尔闪过一截霜白的蒲草。昏黄的车灯照着，直到掣在路头。灯也熄了，出租车停止了颤抖。斑马转身下了车，我被一双马蹄拖出来。"揉一揉才好。"他说着，蹄子伸入了我的胸口。我哼哧哼哧地喘着气，刚要言语，就被他按住了脖子。刚开始疼，后来脑壳热得慌，血液涌顶，双手渐冷。我的眼睛凸出来，胡乱伸缩着，带着血管的嘶鸣声。突然，他的蹄子松弛下来，柔软下来。我如沉底般，拼命寻找着氧气，却听得呲啦一声，我成了母体中的赤子。

一道亮。司机斑马猛地拍了拍喇叭。我的肩胛骨依然戳着椅背。窗外，山峦成了沉默的脚后跟，乜斜着，觳觫着。橙色的光汇成了茫茫的河。

"抢道就算了,他妈还远光?"司机斑马肆骂着,一阵讥嗔。

像是天地颠倒,我从水里掉落出来。心脏恍若熔炉,舔舐着,回旋着,一扑猛焰,訇然灼了自己的身,兀自黑了,卷了。

"师傅。"我的声音往前方皲裂开去,拇指搓着食指,搓圆了一个"簸箕",搓破了一个"斗","师傅你走的是哪里?"

前面的车定了,后面的车响起了喇叭声。司机斑马转过头,前车的橙色后灯,照亮了他的半张脸。黑白相间中,右眉毛是深色,左眉浅淡,左脸砑光跃金,右脸熹微,眼镜一边黯然,一边光艳。他是看着我的。他看着我的时候,像看着无边的云。云往少里走,云往多里走,茱萸粉,蟹壳青,秋香黄,梅子染。它从不往格局里去,却遮住了所有能直达的地方。

"姑娘。"他撮起了嗓子,"老道不能走啊,今天周末呢。这儿是玄武大道,快。"

我审时度势地笑了起来,把脸上的云都笑散了。窗外的山峦掠过一只棕鸟,硕大的翅膀好似宇宙里恒久的悲哀。

"现在交通不行啊。就在上周,有个小鹿搭我的车,最后一班 6 点 20,硬是没赶上,最后给了我 300 块,一路赶回扬州去。你说说,路就这么大,车越来越多。每家几口,每口一辆车,这还得了。我就和你说那高速上……"

司机斑马后面的话我没听进去。我的肩胛骨塌陷在椅背上,全身的肉也蓄了满满的热。我本来要离开这里的,现在我还在。

有时候我不在的地方，往往长留着昔日的容颜。仅存的暮色消竭，弥留着一点残光。黄昏是紫檀色的，夜晚是藏蓝色的。黄昏是属于绒毛的，夜晚是属于天鹅绒的。每当我们渐次睡去，上帝都会把一切分解，重组。我见到的司机斑马，也是我最后见到的司机斑马。

离六点半还有一刻钟，我关上了出租车的门。司机斑马驾驶着他的眼镜，开离了我的生命。行李箱嗡嗡地响着，几道光来回穿梭。进了金陵长途汽车东站站门，买了车票，过了安检，去了厕所，一切顺水推舟，心安理得。检票员喊起来了。气味浑浊的客车，生着幽幽的亮。动物们捏着小纸片，水一样地入了胃，等着夜的消化。今我与他我，恰如参与商。

客车满足地"吭哧"一声，"嗤嗤"地动了。我抚着手里的包，沉静得无以名状。车顶灯昏昏然暗了，车窗拓印出困倦的我。我伸展四肢，像是身体发了芽。皮毛满溢着弧光，随着车动而忽闪不绝。我想去触摸窗外的我，而那个我，鼻尖脂白，双手通红，眼里长满了淤青。一个激灵，我撇过了头，身体沉沉地压在车窗上。窗帘搭在我的毛发上，像鸽踏、像珠落。

不久，我剪开了双眼。兴许是在上课时喝多了咖啡，连闭眼都觉得别扭。我正了正身子，尽量不去看自己的影。一丛一丛的树，层层叠叠的星，对面的来车道，驰过一沓沓的车。时间穿梭在空间里，空间以无尽容的姿态，成为了主宰的王。更远的远处，亮着暧昧的光。此时东风压倒了西风，彼时河西转回了河东。世相龃龉，难得始终。一块一块的广告牌，像栉齿状物，等待着自己的飞翔。弯弯的月，倒是亮着白垩的飞尘。

"喂?"一个浓重卷舌头的音节吸引了我的注意。像是苹果派裹着甜腻的糖浆，菠萝包包着厚实的奶油，甜品总让人感到愉快。还记得小时候的蒸蛋糕，里面各种馅料。草莓味比橙子味更胜一筹。幼儿园期末考，母亲给了我一包蛋糕，让我送给班主任。我在门口徘徊。她一出门，我三手两脚地逃了去。蛋糕掉在了地上。我恨上了草莓。

一道亮，红色卡车开着远光灯，冉冉透迤。行道树倏忽地、悄然地，翠到深处去了。也是因为这短暂的翠微，三千年的白猿悲鸣了一夜。

"你在哪?"卷舌头又发话了。

也算平常对话吧。窗外的黑深深浅浅，远处亮着工业的橘色光芒，像硕大肥美的鲸骨裙，更正着光车骏马，日暮月霁。我只是长方形里的一个点，长方形只是阡陌纵横的一个尖，夜色不会为之刺痛，我们却会为之头破血流。

"羚羊小姐在哪里?"

月光忽地亮了，天地森森的白骨光。我偎在车座，脑海里千万个动物，就叫小明吧。你是小明，他是小明，谁都是小明。赵小明拿了我的尺，钱小明吃了我的便当，孙小明踩烂了我的书包，李小明给我一个吻。这么多小明爱着我，那么多小明离开我。天上月是意中人，当事者是身外客。还有很多小刚，小红，小丽，他们有的从北向南走，有的从南向北走，有的开着水又放着水，有的抛着硬币做游戏。谁不身在此处，又活在别处呢。

"什么？你还没见到羚羊小姐？"卷舌头呖呖地颤了起来。我听得出他的愤怒。我们这一辈子，要等的东西多呢。出生了等说话，说话了等走路，走路了等上学，上学了等毕业，毕业了等工作，工作了等结婚，结婚了等生子，生子了等说话，说话了等走路……有的人在明亮处等，等来了心之所指。有的人在废墟里等，等来了全然溃败。羚羊小姐等不到，算什么。

"你是在沙洲角？附近看过没？"

我家有三幅地图。世界，中国，江苏。沙洲角在哪里，我从未瞥见。我情愿它是一座孤岛。蓝色的海，青色的树。往日在沙滩上逆行，玄色的道，芥色的意绪，豆色的往事种种，随着它倒回水中，长出触角，长出腮，长出腹足，长出背鳍。一切重回混沌，重回温柔。我相信，沙洲角有这样的魔力。我相信。

"还是联系不到她？"卷舌头啜起了鼻子，嗓音随势伏倒，"哦。好，你先再联系联系，打听打听。我等你电话。"

车内鸦没鹊静。前面座位闪着光。一道一道车流，毫无声响地呲过去。倦有时，怨有时，恒常有时。我的脊背钻出羽毛，抚慰着日象万千。这个世界多一个羚羊，可能就少一个小明。

有的成比例增长,有的等差数列锐减,可确之凿凿于,平衡常在,物我相持。

"什么?没消息?"手机一声震动,卷舌头又贸贸然翘出了墙头,"你和我老实讲,羚羊小姐怎么和你联系的?有没有告诉你干什么去了?"

我的手指湿了,胳膊肘湿了,胸膛湿了,浑身回到了水里。关于"干什么去",我思考了小半辈子。也许我可以飞,也许我可以烧杀抢掠,也许我可以活得亮堂。可这一切都有一个前提,我必须是我。我无数次地想起那双手,想起草莓蛋糕,奶白色,莓子红,绵软,柔滑,缎一般,锦与绸,无毛的肌骨。他说他爱我。爱是什么?他说爱是揉,是抚,是丝丝缕缕地褪去,是藤与果的深入。我如海底帆,月下影,万亩草原中央深深的窟窿。若要见我,只有下坠。我走在南与北,我走在日与夜,却不能停下。阳光是无数只手,它剥开我,它进入我,它是我的心肝脾肺,是世间难得的小可爱。

"好,你别慌。"卷舌头的声调平稳下来。我在黑暗中估摸他的样子。应该是大象,鼻子不会太长。老虎的声音不是这样。蓝褐色的皮肤,自有沟壑。眼睛不大不小,小眼奸,大眼憨。挺鼻阔嘴。脖子有点粗。热带动物,他的声音里有雨林丛生。寒带的动物,声音清绝、脆润。有小胡须,剃掉了,一排酥嫩嫩的青,遥看也无。他有一双大手,大手。

"我跟你说，要是羚羊小姐找不到，你也逃不了干系。"卷舌头突然抛出一句狠话。我心一凛。这些年，我也有过朋友。我也尝试走出去。20岁那年，我和我朋友去了北京。北京多好，长城、天安门、故宫，每个动物都是和和气气的。我们定了酒店。夜里，烟花尽。我们披着一身的银月，笑里走。回到房间，她说她下楼买泡面去。她一去就是好久。门外有大动静。一只鬣狗攥着她的头发，往楼梯口拖。她抱着旁观者的脚，哭着说不认识鬣狗。鬣狗说，他们是家事。她在哭闹，我掩上了门。我背靠着木门，大口喘着气。我看见他的手了，硕大，有力，骨节突出，说一不二。我惊惧，我恐慌。我看见一万头牛跪倒在地，一万头羊走向屠刀。窗户没有关严，帘子鼓动，一会儿像我们，一会儿像他们。门外发生了什么，我无暇顾及。那一刻，我只关心自身的存亡，也许我该打开窗子，也许我该飞。

我们如期完成了旅游，后来再也没说过话。微博上说，鬣狗误以为她是他手下的小姐，想把她带回去。就像这位卷舌头，他说不定也是个老鸨，羚羊小姐是他手下的一员。宾馆里的是羚羊小姐，他也会把她拖着走。我闭上眼。月亮照亮了我的眼皮，也照亮了万物的顽疾。我看见了细胞，分子，磁场圈。我们由那么多细胞组成，它们活于一瞬，死于刹那。可它们依旧努力地出生，分裂，死亡。那为什么桥下那么多冤魂，海中数不尽的死灵？我们一同活在茫茫人世，为何人类如此贪婪？我们都是上帝的创造物，我们都是上帝的子民，每一个活着的生物,都有他老人家的苦心造诣。用心去看,光熠熠,水澜澜,我们无视同胞,却无法摆脱万物之间的引力。眼角洇洇,泪潸潸。我头枕着玻璃,感到一阵刺凉。北京的那个宾馆,后来有个人类女孩死在了顶楼的水桶里,浑身赤裸。那也是他们的下场。

光又起。是一辆雪佛兰。我的眼角攫夺了它的车牌,又把它剔除出去。也许是羚羊小姐在开车呢。一点零星的幽默,却为这种幽默惭愧。后座的手机是亮着的,借着车窗反射的光,我看见了手。硕大,有力,骨节突出,说一不二,那是一双象的手。

"什么?现在还没有消息?"空中掠过黄沙,掠过糖浆,掠过一排一排的乌鹊。"这样,你去找找她同事,问问他们羚羊小姐什么时候走的,走的哪条路,有没有上谁的车。路上有什么建筑,要是有超市便利店什么的,也进去问问。"

出门,楼下是一家咖啡馆,卡布基诺、拿铁、芝士蛋糕,都可。对面是一排服装店,丹顶鹤开的。旁边有菠萝油、奶茶店、咖喱鱼丸,往里弄走,会有不同的天地,云吞、手擀面,最里面还有牌桌麻将室。出了里弄,左拐是商业街,右拐是一座中学。应该是一直往南走,一路有几家美好超市,星星点点,白蓝相间。超市里有美食代购,有面包蛋卷,日用品一应俱全,口头是烤饼,不贵,2元一串。还有两锅关东煮,辣的不辣的,墨鱼丸章鱼肠。挨着门的,是一冰箱的冰淇淋,哈根达斯,八喜。羚羊小姐喜欢香芋味的。羚羊小姐在超市里买了一串烤饼,一袋白面包。她可能比较喜欢。冰淇淋太冷了,我也不会吃的。我陷在座位里,用食指勾勒了一幅图。我想告诉卷舌头,她的白面包还剩了三片,过了今夜,就是早饭了。

"问过了?"卷舌头的手机响起,"你说——她从早教中心出来,见到了谁?熊猫奶茶的阿贵说她往南边走了,今天她没吃咖喱鱼丸,几个牌友认得她的,也和她打了招呼。对面的丹顶鹤老板也看见她了,她去了美好超市。收银员说她买了烤饼和面包。她出来,把烤饼木串扔进垃圾筒,又往南边去了。后来有没有谁见到她?"

原来是早教中心。我对自己苦涩一笑。有人类就有动物,有雄性就有雌性。四者搭配,有时也会乱。乱是万物运行的基础,但乱不是万物运行的法则。社会是崇尚秩序的,可有时候,错行也能抵达终点。道路以目,人心以逸。在生命的最初,无论是动物还是人,都被规劝,被教育,被一双双手掰正。那些捧着草莓蛋糕的手,也曾剖心劈肺。羚羊小姐,你有世上最圣洁的手,何以做庖丁解牛之事?

"她同事说,羚羊小姐去了大美莎?有没有谁陪她做头发?"卷舌头声音嘈嘈切切,大珠小珠落在地,作了黑夜里无形的薄雾。天暗得厉害。暗下来有暗下来的美,沉沉的一朵云,笼络在我的头上。罩顶的时候，绵绵的腌渍味；入耳的时候，油油的卷。这大概表明，也有一段时间了。头发离开身体总有定时。我离开我也有一段时间了。

大美莎，我重复这个名字，在我心目中，这是一个快乐的地方。大，美，还有莎草。莎草，多种植物的别称，植物为莎草科多年生草本，小穗轴上具白色透明狭边，鳞片顶端圆，具较长的短尖。莎草属植物多生长在潮湿、沼泽地。褐果薹草多生于山坡、山谷的疏密林下或灌木丛中、河边、路面阴处或水面阳处，又被叫作喂香壶、鹅五子、回头香、状元花、王母钗等，多数分布于华南、华东、西南各省。大美莎有一个草原，缀满了莎草，草原旁边是沙滩，沙滩旁边有巍峨的雪山，山脚下是磅礴的大海。大海很孤单啊，阔大，不自知。有时我也常常想坐在大海前，和它说说话。有时也想涉足而去，穿越天一样高的海浪，满天星般的鱼群，海舌头一般的鲸鱼，穿越它，就穿越它，去拥抱神，拥抱雷击，拥抱烈焰，拥抱生育我们、抛弃我们的母亲上灵。

客车拐了个弯，进入了服务区。车内灯亮起，照得众生惨白。我没有起身，后座的卷舌头也没有。扭一下头，能看见的。我却闭上眼，感到了释然。不用看，去想，应该是大象。鼻子不会太长。老虎的声音不是这样。蓝褐色的皮肤，自有沟壑。眼睛不大不小，小眼奸，大眼憨。挺鼻阔嘴。脖子有点粗。热带动物，他的声音里有雨林丛生。寒带的动物，声音清绝，脆润。有小胡须,剃掉了,一排酥嫩嫩的青,遥看也无。他有一双大手,大手。这大概就是神的模样。他是按照他的模样造我们的。我们也是按着他的模样活下去的。

车簌簌地颤了。一声喘,窗外流星飞火。橙色的。我们的夜晚是橙色的,霓虹,车灯,月亮,罪恶,他们混合得璀璨光绝。大美莎没有此般容貌,它是静的,动的,翼羽飞扬的,它带着羚羊小姐走了。羚羊小姐她在一个很美的地方,绝不仅仅是一种调色。

"你能不能查到监控?24小时之后才能立案?那路段还没有摄像头?见鬼了。哦,有个便利店顾客你找着了?他说看见她了?"卷舌头的语调高扬起来,"她上了一辆出租车?有没有看清拍照?啊,没看清?妈的!"卷舌头挂断了电话。

我也明白了。羚羊小姐在早教中心工作,今晚有人约她去沙洲角。去之前她去大美莎做了头发。当然是打的去的。然后就不见了。我感到胸膛里一阵痒意。像是月亮卡住了。前不久,我把天上的月吞了。它说要照一照,帮我检查身体。我是不会白白短夜空的。我会给它我的身体,我空荡荡的心。而羚羊小姐还能给什么呢?她在沙洲角丢了什么呢?我相信卷舌头是个老鸨。他收藏了很多小姐,大的,中的,还有小的。小的不听话,就让她去检查身体。羚羊小姐是去沙洲角出台的。他不缺小姐。可是缺了一个,他就有走漏的风险。可是,我也可以认为，卷舌头是个便衣警察。他秘密保护了许多线人。羚羊小姐就是一个。她是去沙洲角接头的，她牵扯到很多黑色问题。丢失了她，就是一个大案的无功而返。说实话，还有折中的想法。卷舌头是羚羊小姐的舅舅，叔叔，远方亲戚，关系一直很好。羚羊小姐是去沙洲角走亲戚的。他关心羚羊小姐，爱护羚羊小姐，一直担心她的安危。

羚羊小姐也许就是那样，犹疑着左脚右脚，天就暗下来了。暗下来有暗下来的美。走在前头的是右脚，随后是左脚。楼下是一家咖啡馆，卡布基诺、拿铁、芝士蛋糕，都可。对面是一排服装店，丹顶鹤开的，旁边有菠萝油、奶茶店、咖喱鱼丸，往里弄走，会有不同的天地，云吞、手擀面。最里面还有牌桌麻将室。出了里弄，左拐是商业街，右拐是一座中学。一直往南走，一路有几家美好超市，羚羊小姐在超市里买了一串烤饼，一袋白面包。她出来，把烤饼木串扔进垃圾筒，又往南边去了。她的白面包还剩了三片，过了今夜，就是早饭了。

天更暗了，月涌出，像水影裹挟的鱼钩。"揉一揉才好。"她笑了，有什么好介意的。出租车在前面。她大喊一声，伸出胳膊，三步两行，羽绒服的貂毛领搔着耳垂，一扑一扑，一耸一耸，好不热闹。出租车停下了。她拍打着出租车的玻璃："师傅，大美莎。"

出租车平稳地滑行。也是过了许久，羚羊小姐才意识到，这不是那条路。周边是一座座果褐色的山脉。月亮岌岌地半缀在空中，山脉流淌着烁白的脓。羚羊小姐感到窒息。这边是山，那边是山，哪边都是山。"师傅，师傅你走的是哪里？"羚羊小姐颤抖着声音。

司机斑马转过头，橙色车灯照亮了他的半张脸。黑白相间中，右眉毛是深色，左眉浅淡，左脸砑光跃金，右脸熹微，他戴着常见的金边眼镜，细洁的眼，顺绰的鼻梁，厚厚的皮毛，像黑白的云垛子，眼镜一边黯然，一边光艳。他是看着她的。他看着她的时候，像看着无边的云。云往少里走，云往多里走，茱萸粉，蟹壳青，秋香黄，梅子染。它藏匿了所有能直达的地方，正如，光在弯曲的表面，仍然是弯曲的。

车门是锁住的。疙疙瘩瘩的山路，偶尔闪过一截霜白的蒲草。昏黄的车灯照着，直到掣在路头。灯也熄了，出租车停止了颤抖。司机斑马转身下了车。她被一双大手拖出来。"揉一揉才好。"他说着，手伸入了她的胸口。她哼哧地喘着气，刚要言语，就被他按住了脖子。她血液涌顶，双手渐冷。眼睛凸出来。血管的嘶鸣声。突然，呲啦一声，一切为零。

卷舌头还在言语。我没有再去听。羚羊小姐是个好老师，小明也是好老师，小刚、小红、小丽，他们都是好老师。妈妈她让我带蛋糕给班主任，班主任早就想到了。她给我吃我最爱的草莓蛋糕。她说，小朋友不能白吃别人的东西。我点头。她带我去了小屋子。屋子有头大象，坐在那里，蓝褐色的皮肤，自有沟壑。眼睛不大不小,小眼奸,大眼憨。挺鼻阔嘴。孩子们说,他是个警察,是个嫖客,也是班主任的远方亲戚。大象说,吃了草莓蛋糕,就要检查身体。奶白色,莓子红,绵软,柔滑,缎一般,锦与绸,无毛的肌骨。他的手很大,他说他爱我。爱是什么?他说爱是揉,是抚,是丝丝缕缕地褪去,是藤与果的深入。无数只手,它剥开我,它进入我,它是我的心肝脾肺,是世间难得的小可爱。

客车停住,启动,转弯,再转弯。车内灯亮了。客车里的动物们,纷纷舒气。我也学着他们,舒了一口气。卷舌头还在说着羚羊小姐。我起身,汇入人群,没有回头看一眼。我不知他哪般容貌,我也无意得知。

我拖着行李箱,一带闪着银光的轨迹又亮起来了。神啊,黑暗背后何尝没有光明,受害者何尝不是施害者呢?天暗下来有暗下来的美,沉沉的一朵云,笼络在我的头上。罩顶的时候,绵绵的腌渍味;入耳的时候,油油的卷。这大概表明,没做头发有一段时间了,我离开我也有一段时间了。关于我是如何缺席了我的失踪,故事的结尾并没有说。

红豆加绿豆等于黑豆

关于这个五万块钱，我知道我是要不回来了。不过我还想试试：我今年二十八岁了，失恋一年，失业三个月。其实，失去的这个"失"字，并不是什么不好的词。比如失重，我做梦都想去月球，那里我只有我自己的六分之一重。还有，比如失去王菊花，这个满脸青春痘、微微龅牙的黑皮妹子。我之所以这么说她，是因为她欠我五万块钱，当然还欠了其他什么东西，卫生巾、橡皮绳、指甲油什么的。她以为我都不知道。

王菊花不叫王菊花，她其实有个娟秀可人的名字。但我叫她王菊花，她叫我马志强。刚在南京落户那会儿，她把她的淘宝收件人名字改为了"王菊花"，又怂恿我改为"马志强"，她说，一看名字就是个抠脚大汉，快递小哥、外卖小哥是不会瞅上咱们的。不过，我对我俩的长相很有信心，外卖小哥见到我们会多送我们一碗饭的那种。不过，既然她叫王菊花了，我就求个工整，马志强。我感觉，过不了多久，我就能一把摘掉顺丰小哥的帽子，再顺手拍拍他的肩膀，借支烟了。

我并不是特别缺这五万块钱，用网络语言说，我缺的是那五百万。我想，王菊花能体会到我现在的心情。她当年落魄的那会儿，靠的就是我的方便面和火腿肠。后来，她还把我种在阳台上的萝卜给煮了。我没怪她，只是把她的照片找出来，剪出她的头，贴在了一张艳照上。没想到王菊花还挺待见，让我换个罩杯再大一点的。说到这，我突然想起，王菊花不会拿着我的五万块钱，去韩国隆胸了吧？照王菊花那个脑袋，不是没有这种可能的。

我去找王菊花，是有原因的。不是因为她欠我五万块钱，是她妈喊她回去结婚。她要结婚关我屁事？可王阿姨说，她会帮我找到那张欠条的。这似乎是一种诱饵。反正我闲着也没事干，欠债还钱是天经地义的事，哪怕债主潜逃了。不过也真是的，哪个男的眼睛瞎了，想娶王菊花？

说到哪个男的眼瞎了，我倒是见过一个。王阿姨托人给她介绍了个对象，王菊花去赴约之前，给我发了条信息："见机行事，等我电话。"果不然，半个小时后，王菊花来电话了："什么？你找我有事，什么事呀？你东西忘在我家了？这么急？好，我这就来。"不一会儿，王菊花来了条微信："成功离岸。"具体发生了什么我也不清楚，但后来王菊花又登岸观望了一会儿，最后坐上我这条贼船头也不回地走了。

我从来不管王菊花的这些私事的。满脸青春痘、微微龅牙的黑皮肤女孩，也是有自己的忠实拥趸的。这让我对世界有了些许信心。我看着镜子里我的脸，宽脸盘，小眼睛，塌鼻梁。也许在地球的短短几十亿年里，有过那么一段时光，盛行宽脸盘的美人。我只是不凑巧而已。想想，我有些伤感，伤感里又夹杂了些微的欣喜。就这点来说，我喜欢王菊花。

王菊花有两个微信号。我问她为什么有两个，她说为了抢红包。我打开了她给我的那个微信，全是转的公众号文章，什么三十岁前要年薪三十万、新时期女性如何经济独立什么的。我打开了我的电脑，王菊花经常用我的搜索软件。这一查可把我吓坏了：什么牌子的匕首使用体验好、硫酸溶解尸体需要多少步骤、巨人观腐烂需要多长时间。我还不知道王菊花有这样一个爱好。不过也能理解，新时期女性不仅要经济独立，还要毁尸灭迹。要是哪天哪个男人惹怒我了，我好歹还有个王菊花——但我无法保证我永远不会惹怒王菊花。再往下翻，王菊花又开始搜股票行情、健康养生讲座，还有泰坦尼克号当年的总排水量为多少。我倒吸一口冷气，王菊花真是个迷彩服战友，除非她亲口告诉我，我是找不到她在哪的。

不过，作为战友，我也有自己的本事。我在她微博中排查，重点排查出了三个账号。

第一个账号三个小时后才回我：萍水相逢，这姑娘很有趣，其余不知。

第二个账号很快发来回音：他们聊过，她说，她想去西藏朝圣。

第三个账号和我聊了很久：他们是在豆瓣上认识的，有个共同分组，叫患抑郁症的外星人互助小组。王菊花发帖很多，他们聊得很好。

我和第三个账号的人互加了微信，他说他叫魏强，快三十了，在南京按揭买了一套房。我对这些不感兴趣，我就想问出我那五万块钱在哪里。魏强卖了个关子，说要了解王菊花，就去这个豆瓣小组看看。

在王菊花的怂恿下，我在三年前就开过一个豆瓣账号，啥也没看。现在我不仅要把这个账号找出来，还得重新修改对应的手机号码。在我拿到这个南京的新手机号后，王菊花并不是没有捉弄过我。她用了一个陌生号码，提醒我，我的一个王姓朋友被逮到了局子里，供出了她和我一起犯罪的事实。我想了半天，想出了王姓朋友就是王菊花，却怎么也想不起我们一起犯过什么罪。我还特地查了查栖霞派出所的路线，想去把王菊花捞出来。穿上鞋子时，察觉鞋子里有棉花，我突然想起王菊花的脚比我小一码，她应该经常穿我这双鞋。算了，无论真假，我都没兴致管她了。过了没多久，王菊花来电话了，说什么好不容易从警察那里套来了手机，就想和我说两句。我问她犯了什么事了，她却抽噎了起来。

到最后，我还是没有把鞋子里的棉花掏出来，因为王菊花露馅了。我分明听见电话那头有卖烧烤的吆喝声，她死活不认。后来我查了她微博，两个小时前她还在发微博，微博定位在小马哥烧烤。我有点生气，不是因为她耍我，而是因为她吃烧烤还不带我。这种事情多了去了，她曾经把我冰箱里的巧克力拿出来，融化了，加入油盐酱醋，模型又刻成原来的形状，塞回冰箱。我拉了两天的肚子。我想，如果哪一天，她虚构出了一个动人的身世故事，或者说，她虚构了一个老公来忽悠我，都不足为奇。

修改完毕后，我进入了豆瓣小组。王菊花所发的帖子里，三分之一是在讲她的宇宙观，三分之一讲暗能量对我们情绪的作用，还有三分之一，在讲外星人如何操控我们的命运。我浏览了一遍，觉得还挺有趣。王菊花本就不是一个爱按常理出牌的人。她说，外星人一直用一个巨型的高倍望远镜观察我们，我们的一举一动都处于监测中，而那些外星人，拥有改变我们命运的能力，包括出门看见什么、今天谁请我们吃饭等等。这些概率题，只是外星人的填空题。我突然有一种感觉，王菊花被外星人抓走了，至于被抓去做标本还是做外星压寨夫人，我都管不着。一个人一心关注的事，多少程度上都会反映于自身。

为了我的五万块钱，我又联系了魏强。魏强说，他正在吃螺蛳粉，每次吃螺蛳粉的时候，他都格外想念王菊花。我想起了王菊花常去的那家粉店，我们在那里吹过牛皮。有一次，王菊花从粉里挑出了葱花,一字排开,说这是祖母绿、这是冰种翡翠,将来她一个也不落。我问她将来做什么,王菊花凑到我跟前,用手护住嘴说:不要让他们发现——我们一直处在一场巨幕戏中,我们每天的吃喝拉撒,都被记录在大屏幕上,她就是那个主演。我问我是跑龙套的吗?王菊花耸耸肩,将粉碗中泛着肥皂色彩的油渍搅和开了。我打赌她不会再吃这碗粉了,她却埋下头,扒拉了一口,然后抬头,茫然地看着我:"艺谋走了没?凯歌去哪里了?"

和魏强聊过天后,我父母又和我聊天。我说我好着呢,都好久不去买泡面了。我父母听了很满意,又问我工作的事。我说我找了个帮人处理文字的工作,他们觉得还是件体面的工作。他们又问我对象的事,我说王菊花推荐了我一个单身微信群,五百多人呢。他俩心满意足地挂掉了电话。说实话,我只是泡面吃腻了,改吃麻辣烫;工作丢了,帮人代写各种文书;那个王菊花推荐的群,是研究《周易》的群,我请里面的师傅算了一下,近五年都没桃花。我没有对我父母撒谎,我只是迂回包抄,拿下敌人。

我用上周帮写广告文案的钱买了车票,去见王阿姨。我已经很久没见到她了,上次看见她,还是高考前。王菊花要过生日,请我去她家吃个饭。也不算她家,都是租的房子。我们高中周围的户主,早就将各自的房子拆分成了多个小格,一个格子一年两万。王菊花边吃着蛋糕边信誓旦旦,将来她发达了,定不会忘记母校，她要将母校周围的房子全都包下来，当一个满脑肥肠的包租婆。我一口吃掉了蛋糕上的樱桃，说她包房子，我要包下这一带所有的煎饼果子摊，我爱吃几个吃几个，吃着吃着把钱赚了。奶油粘在了我的脸颊上，王菊花用右手食指一抹，舌头一卷，舔掉了。那一刻，我觉得她是世界上最合格的包租婆。王阿姨端着糖渍番茄片走了过来，王菊花抓起一片番茄，啪地一声落在了蛋糕中心。

"像不像卫生巾？"王菊花朝我眨眼。

这句话只有王菊花说得出口。但我还是多吃了一块蛋糕。王菊花提醒到我了："蚊子喜欢卫生巾吗？吸血鬼要不要去翻女人的垃圾桶？这都是些需要我们深度思考的问题。如果人类能解决这些问题，我们世界上的未解之谜会变得少一点。"

王阿姨身上的未解之谜，在于我永远不知道王菊花的亲生父亲是谁。据王菊花所说，王阿姨年轻时长得还算可以，人也很能干，追求者众多。后来，王菊花出生了，王阿姨不知道生父是那次酒桌上的哪一个。这直接导致了王菊花热爱酒吧的坏毛病。王菊花十七岁时酗酒，打遍了班上所有的男生。还是王阿姨那次酒桌上最矮的男人过来打招呼。这些年，那些男人心照不宣，接着力将王菊花拉扯大。我曾问过王菊花，如果时光可以倒流，想回到什么时候？她说她想回到受精卵的时候，修改自己的基因链。我又问王菊花，如果你修改了基因链，那这个受精卵就不是你了。王菊花耸耸肩："爱谁谁，我妈又不缺我一个。"后来我听王菊花陆陆续续地透露,王阿姨差点结了两次婚,一次新郎跑了,一次王阿姨跑了。王菊花说得云淡风轻,似乎人间的一切都是游戏,皆可原谅。说实话,我超级佩服她俩,我觉得,无论基因链怎么修改,那个受精卵还是王菊花。我把这个论断告诉王菊花,她听了不说话,带我去了酒吧。我喝了一杯果汁啤,她点了一杯伏特加,也不喝,趴在桌子上盯着酒杯。从我这个角度看过去,她就是一对斗鸡眼。我不忍心她变丑,把酒杯挪了挪,她又变成了蛇精脸。我终于知道人为什么要喝酒了,是为了让那些不满意的事物的存在变得更加合理一些。我喝光了果汁啤,王菊花还是一动不动。我抽出吸管,在伏特加里沾了沾,塞进她的嘴里。王菊花嘬了嘬,问了我一个令我终生难忘的问题:如何确定我们的自我意识,来自自身的这个躯体,难道我们不是某个巨型程序里的游戏角色?

　　我那时很想回答王菊花的问题,但我没有答案。我想没有答案,才是人世常态。可我更想编造一个答案,让王菊花稍微振奋一下。王菊花就怀抱着这么一个永远没有答案的问题独行于这个世界。现在,我怎么也得要回那五万块钱,不是给我自己一个交代,而是给王菊花一个交代,给这个忽视王菊花的狗屁世界一个交代。

　　王阿姨还住在那栋灰黑色的筒子楼里。似乎在我认识王菊花的时候,她们家就在这里了。王阿姨一身素色洁净的格子呢大衣,胸口别着一朵绢花,腿上的呢料裤子裤缝修长,没有折角，也没有多余的羊毛沾染，顺顺绰绰的灰蓝色。她婷婷地站在门口，接过我带来的一箱砂糖橘。

她呀，从小就和我对着干。王阿姨坐下来，呢子裤挤出了层层的褶皱，一瞬间，我有了一种当红女星挽手添柴的感觉。

那阿姨知道她的行踪吗？她有没有和你提过，她想要去哪里？我拿出一个小本子记录着。

"谁知道那丫头的心思，"王阿姨低头。

"王阿姨，您说她要结婚了？能告诉我具体情况吗？"

"人也没看见，她说她很爱那个男人，非他不嫁。具体婚期在两个月后，说好昨天带着他一起回来见我的。这丫头啥都不和人商量。"

"王阿姨，我听她说过您家的事，没能帮到什么忙，我感到抱歉……"

"我家能出什么事哦？只要她老老实实待在家，安安心心工作，我家啥事也不会有。"

后来我们也没聊多少。我帮王阿姨剥了11只砂糖橘，王阿姨捧着水果盘，一枚一枚地丢入榨汁机里。她一边丢着，一边念叨：白纱布裁短了；绿豆冰淇淋还剩了些在冰箱里，来年夏天就过期了；2008年的那场大雪，压断了她新买的凤凰；2012年她突然有了一场短暂的爱情……砂糖橘一个个跳进去，溅出橙色的水花。似乎一切尽可原谅了。我抚摸着裤子口袋里的硬币，突然很想掏出来，扔上天，让它决定我们何处来，何处去。

回到南京后,我又联系了魏强。我想,王菊花没告诉我的,可能会告诉别人一部分。

"你认为她会在哪里呢?"魏强问我。

"我们去过酒吧,去过游乐场,还一起蹦过极。如果她选择再蹦一次极,然后偷偷把绳子剪断,那我的五万块钱找谁要?"

"你认为你的五万块钱被她用作什么了呢?"

"整容,隆胸,吸脂,包养小白脸,我都无所谓。如果是这样,她很快就会回来的。"

"那也未必,她也可能被人包养了。"

"她?"我鼻音瞬间就高昂了起来。"那也不是没有可能。"我按下了我的鼻音。

"也许你应该去看看她的生活足迹,有启发。"

说实话,我感觉我总是被魏强牵着鼻子走。他这个人真人不露相,忙得很。我甚至连他的声音都没听过。不过,这可能就是现代社会的交友方式,彼此互不干涉主权内政。

我把王菊花的宿舍门撬开时,被眼前的景象惊呆了——屋子里的一面墙上,贴满了便签。

"金鱼的眼泪是白色的""大海有十八层肚皮""邻居家的狗会说人话""公园躺椅上,一具尸体偎偎在我的肩头""蓝色大鸟的迁徙路线""南极丧尸病毒的 363 个演变形式""跷跷板连环杀人案""正确的三角式呼吸法"……我从左往右看过去,与我齐平的视野里,充溢着王菊花的跳脱思维。我甚至有点怀疑,王菊花是不是背着我做了什么见不得人的事?

我打包好我的行李,住进了王菊花的宿舍。我的房子快到期了,王菊花租的宿舍还有半年。要是这五万块钱还是要不回来,我还能稍微赚回来一点。

"一具尸体的解剖需要多少步?"我撕下一张便签,感到毛骨悚然。这些问题王菊花没有和我探讨过,我怀疑某一天,王菊花会做相关问题的实践作业。我可不希望实验对象是我,不过说不准,王菊花就是个想干就干的人。

"相亲的一般性流程是什么?"我站在凳子上寻思半天。我现在就想见到王菊花,让她告诉我标准答案。这些年,她登岸又离岸,上船又下船,搞得我都分不清了。有一次,她敲开了我的门,鬼鬼祟祟地溜进来,把门掩上,说楼底下有个变态色魔,追了她两条街了。我关了灯,拉上了窗帘。

"蓝色的手指能指出海盗的宝藏"。关于海盗,我不止一次地听王菊花提过,她说她是要做海盗女皇的人。有一次,她用蓝墨水染蓝了手指,随手一指,就从那个角落里搜到了5元人民币大钞。

"白色的红豆和蓝色的绿豆一起煮,会有黑豆的味道"。王菊花并没有厨艺。我刚来南京那会儿,她也不宽裕,就请我到她的宿舍里吃饭。那一顿洗尘宴,我从蒸鱼里面吃到了鱼鳞,从米饭里吃出了绳子,从西红柿炒蛋里吃出了鸡蛋壳。我问王菊花是不是想谋财害命,王菊花耸耸肩说,这是小说的一种表现方式。我说你在创作呀？王菊花又耸耸肩：小说都是作者虚构别人的生活，那如果作者将自己虚构进自己的生活，那会不会是一篇鸿篇巨制？我学着王菊花耸耸肩，西红柿啪地落在了白米饭上，我立马捂住了王菊花的嘴——看破不说破，还是好朋友。

"一个人可以有几个爸爸？"说实话，撕下这张便签时，我轻轻叹了一口气。我不知道怎么安慰我的这位朋友。不过，王菊花和我说过，别人只有一个爸爸，她却有一桌的爸爸，想想还是自己赚了。我说，集齐十二个不同星座的爸爸，就可以召唤神龙。奇怪的是，我和王阿姨相处下来，并没有听过什么爸爸一，爸爸二什么的。我和王菊花同校，也没有听过有女孩酗酒，打遍了全体男生的故事。这些事都发生在了王菊花身上，不可谓不传奇。

我知道王菊花不是一般的人，她有她自己的世界。但我不允许王菊花背着我的五万块钱，到处流浪，最后吃光用光，在街头乞讨。要是她用这五万块钱开一个小吃铺，油炸串串什么的，我愿意让她以夜宵抵债。她曾经和我透露，万物皆可油炸，万物皆可黑胡椒。后来，我们想到了油炸香蕉皮，油炸奥特曼。那是一个特别美好的夜晚，王菊花说她以后要体验更多更多的人生，我说我陪她，要是她哪天真去整容了，再造一个假身份证，和一个虚构的男人结婚，或者和一个双性人恋爱，我都不会阻拦她。我希望她善良，我希望她坚强，我希望她有机会看见不同的世界,我希望当她一无所有的时候,还有勇气从头再来。

我将王菊花的便签一一撕了下来,在这无数个便签后面,画着一扇门,王菊花喜欢画画。我拧开门把手,居然是一张纸,后面是个稍微小一点的门,我又拧开,还是一扇门。到了最后,是一扇指甲盖大小的门。我已经不忍心揭开这一扇门了,我怕我揭开,王菊花的心脏就裸露了出来。

我联系魏强,希望明天能见他一面,我必须找到王菊花。魏强却说他正在出差,时间还比较长。我将行李打包起来,准备预定去西藏的机票时,却发现卡里余额不足。有钱了,才能去找王菊花要债,要到了债,我才能有钱,这似乎是一个乌比西斯环。不行,我得找人借点钱。我爸妈是不可能了,魏强迟迟不回复我,我打给了王阿姨。

"这丫头不会去西藏的,"王阿姨说,"我了解她,她想去的地方多着呢,从来没去过。"

"她的网友说她想去西藏朝圣。"

"西藏那么大,你怎么去找她?"

"不是为了五万块钱,是我必须找到她。"

"这丫头明明说要结婚了呀,警察那边也没有消息。"

"那她的未婚夫,你仔细想想,有什么信息没有告诉我?还有,王菊花一直纠结于她的父亲问题,阿姨,恕我冒昧,您可以……"

挂断电话后，我感到了无休止的愤怒。王菊花是有父亲的，十年前因为胃癌而去世。王菊花的父亲很疼她，给她买了无数小裙子。后来，王阿姨每找一个对象，王菊花就会寄一件小时候的裙子给那个男人。现在，王菊花终于自己要结婚了，而王阿姨仅仅只有一点信息：魏姓，按揭房，三十岁左右。所有的苗头，都指向了那个魏强。他有重大作案嫌疑。我甚至怀疑，王菊花搜索的什么"尸体""杀人"，全都是受魏强影响。魏强很可能就是某个连环杀人案的凶手。如果不出意外，王菊花很可能已经被毁尸灭迹了。

我"啪"地坐在了地上，我没想过是这样的结局。我的王菊花，我的五万块。我背靠着床沿，天花板角落的蜘蛛丝绕成了一个结。

到了夜晚，我无法睡得着觉。说不定王菊花就是在这儿遇害的，魏强清理了所有的血迹，把家具一一归位，然后把王菊花扔进浴缸，一笔一画地分割了她。我实在忍受不了了，起身，准备去派出所说出我的推理。然而，墙壁上的那扇指甲大的纸门微微闪着光。

我揭开了那扇门，门后是一个小孔。透过孔看过去，我依稀能看见隔壁家的陈列设施。

我背后又出了一身汗。我的推理宛如泡进了浴缸里，一下子全都蔓延上升了起来。原来，我认识的王菊花，并不仅仅是个小女孩，她小小年纪，已经背负了数条人命。她观看柯南、观看福尔摩斯，制造不在场证明，上网搜索具体作案手法，瞄准目标后，就租住在目标人的隔壁，用小孔来监视目标人的行动。魏强和她，就是江湖上流传已久的"雌雄双杀"，然而，一次争吵中，在王菊花还没有对目标人下手前，魏强就因分赃不均抹掉了王菊花。

我扶住墙，拼命地摇头。在我走出门之前，我打了魏强的微信电话。

接电话的是一个女声："喂？"就这一个字，我想起了我的王菊花。我们一起吃冰淇淋，一起看电影，一起蹦极，一起日光浴。有一次，我们一起去海边，王菊花坐在岸边的礁石上，倒悬着手里的酒瓶，酒洒了出来。王菊花念叨着，酒顺着海风的方向，流入太平洋、大西洋，也许会被一只鲸鱼吃掉，也许正如大海中的绝大部分液体一样，亘古无望地涌动，让月亮照亮它们疲惫的灵魂。在海边，王菊花抱着酒瓶痛哭了一场。我知道，这些并不是她所愿，她只是喝多了酒，为人所控制……我一定会向警察说明这一切。

"魏强，你把我们的王菊花怎么了啊？"

电话里空白了一会，随后是由低到高的、咯咯咯的笑声。

我知道就是王菊花。

"魏强，你放开王菊花！我可报警了啊。"

不知过了多久，我放下了手机。手机震动，五万元到账了。

你你你要唱歌吗

"那是个意外啊。"女声说着,"那真是一个意外。我意外有了她。她出生后,我想把她送掉,结果我发现她的哭声很美妙。我就舍不得了。没想到,后来她成为了一个歌手。"

"这位听众的故事很曲折,祝福你们。现在为大家切换一首新裤子乐队的歌曲——"

"等等,我还没讲完。"女声又响起,"她想去参加选秀,我阻拦她。她还是去了,被一家公司看中,她出了几张专辑。结果摄影棚着火,她没能逃出来。"

"对您的故事,我们都感到非常抱歉……"

"你不必抱歉。现在我肚子里还有一个,是个女孩。我决定义无反顾地将她生下来。"

"您真是个勇敢的妈妈。"

倪沛关闭了电台。真是个悲伤的故事,他想。倪沛是个不怎么喜欢悲伤的人。可人人都有悲伤的事。倪沛会弹吉他，听摇滚。自从大学毕业以后，倪沛就开始了自得其乐的生活。他觉得怎样都好，睡觉也好，吃饭也好。有一次他高兴，一天吃了六顿饭。FM6218电台一直陪着他。这里面的人生，倪沛不必一一去经历了。

"10月18号吗？"倪沛放下手中的水果刀，喃喃自语。他问过那些人了，都没空。但这次的咪豆音乐节，他恰好有两张票。不知道同事有没有人有空？水果刀划过他的手背，细密的血珠渗了出来，倪沛吮了吮，将橙子一切两半，汁水滴着。他想起了楼上打麻将的老蒋。每到深夜，他都会邀上几个哥们来几局。哗啦，哗啦，像海水涨潮似的。倪沛觉得他可能会对摇滚感兴趣。

"新兔子乐队？"老蒋将红中上面的肥皂沫抹干净，又使劲地搓了搓，发出"滋溜滋溜"的声音，"我本人对兔子只有吃的兴趣。"

"新裤子，裤子。"倪沛重复了一遍。

老蒋耸耸肩，用手蹭了蹭裤子，从口袋里摸出一个东风。

倪沛在他家坐了会，听他讲了四条与八筒之间的爱恨情仇。老蒋说："四条是个愣头青，八筒是个胖姑娘。"倪沛觉得他说的有理，把音乐节的票对折成两半，塞进了裤子口袋。最庸俗的往往是高尚的，最高尚的往往很苍白。老蒋又和他说了些股票赛马的事。倪沛说："看来你不需要什么音乐了。"老蒋愣了，叹了一声。倪沛觉得他那声长叹特别艺术。

那场音乐会，倪沛去了，还带着一位女性。之所以说是女性，倪沛不知道她多大，干什么的，结婚与否。甚至，他连她叫什么都不知道。这位女性说她叫露娜。倪沛很想问，这是不是她的英文名，最后还是没有说出口。他们是在微信上认识的。倪沛找不到人选，于是用微信搜索"附近的人"，加了几个人，就露娜对这场音乐会感兴趣。

倪沛在见到露娜之前，猜度了很久。她应该是对面那栋楼的，十三楼或者七楼。如果不是，她可能在楼下超市西南角的那个小区。他没猜错的话，他们是见过的——她买了两瓶酸奶，他买了一袋泡面。露娜拿着酸奶和他擦肩而过，他闻到了橘子香水味。店员头也没抬，问她是否需要加热。露娜摇了摇头。店员依然低着头玩手机。露娜把二维码塞到他的面前。

"叮"的一声，倪沛眼前的是一位白色衣服、绿色玳瑁边框眼镜的姑娘。她怀里的一只猫跳下了地。

"让你还个人情，这只猫送你了。"

"我完全可以把另外一张卖掉。"

"但是你没有。"姑娘的目光穿透了绿色眼镜。

倪沛被姑娘的目光折服了。这个自称为露娜的姑娘，有着猫一样的眼睛。她怀里的那只猫回头看了他们一眼，随即跳下了窗户，再也没有出现过。

露娜在倪沛家的沙发上坐了很久，面前是没有打开的电视机。倪沛什么也没问她。这件事本身就比较奇怪。一个奇怪的孤单的人，邀请另外一个奇怪的孤单的人，去赴一场孤单者的狂欢。倪沛甚至有点怜悯这个女孩，她应该去逛街，去唱歌，去做女孩子们应该做的事。他转而又想，他才是那个更加可怜的人。

"你父母呢？"这句话突然打破了空气。倪沛四处看了看，还以为是那只蹿走的猫在说话。

"他们在老家。"倪沛将打碎了的橘子汁倒入杯中，加了点冰块，养乐多，切了片柠檬，"你呢？一个人在南京？"

"你知道回形针吗？"露娜又问了一句。

"当然，每个办公室里都有。"

"我曾经有个弟弟。"

"哦。"倪沛应了一声，将橘子汽水端在她的面前。

"我弟弟是个发明家。"

"那真的挺不错的，很优秀。"

"你准备好了吗？毯子，望远镜。"

"当然，"倪沛说，"我这儿还有充气沙发，到时候你占着位置，我去充气。"

那杯橘子汽水没喝完。倪沛启动了他的黑色大众。露娜撇过脸看车窗外，若有所思。

"我给你讲个故事。"露娜转过头，对倪沛说。

没等倪沛回答，露娜就自顾自地讲起来。小时候，她家住在筒子楼里。筒子楼里有十三户人家，一楼三户人家曾因为公摊面积吵架。二楼人家晒腊肠，腊肠被三楼家的猫叼走了，引发了一场大战。她家住在四楼，邻居是个单身汉。谁也不知道那个单身汉为什么住在那里，什么时候住在了那里。单身汉的阳台上晾着一根巨大的回形针，不锈钢制成的。露娜每次从楼下经过，都会被这根回形针晃了眼。后来，他的阳台上多了一件女性的内衣。再后来，又多了一些尿布。筒子楼里的人议论纷纷，但谁也没有见过女主人，也没听过他的房间里有婴儿的啼哭。后来过了些年，一楼的两户人家走了，卖给了第三家。二楼人家做腊肠的妇女得了胃癌去世了。三楼的猫早就跑了。露娜一家准备搬走，临走前，要和单身汉结清公共费用。露娜敲开了他的门。

"怎么了？"倪沛好奇地问。

"单身汉的家里很干净。"露娜说。

"他到底是干什么的？"

"他说他是一名作家，这些年，他一直在虚构自己的人生。"

"然后呢？"

"他将他的回形针送给了我。"

露娜转过头，从倪沛的角度看过去，她的睫毛像纸页边被指腹糊开的笔迹。

直到到了红玉山，他们俩都没有再说一句话。倪沛不知道如何开口。如果在红玉山遇到了熟人，他该怎么介绍露娜呢？这是露娜，我们是在微信上认识的，不不不，她不是我的女朋友，算了，算是吧，毕竟认识半天了，不，我不是个随便的人，好吧，你怎么想就怎么样吧，她只是陪我来看一场演唱会的，要是你们误会了，我就……什么？恭喜我脱单了？真的，事情真的不是你们想的那样……

倪沛并没有机会说这段话。红玉山的路不好走，时高时低。露娜崴了一脚，倪沛扶住了她。这是他们唯一一次身体接触。这一路上，倪沛都在想，露娜和他到底是什么关系。倪沛对这件事把握不准。在微信上，她和他聊得可欢了。后来，倪沛明白了，问题就出在那只猫身上，如果当时他能抓住那只猫，他就能把握住生活中一些不易发现又一直在微弱喘息的事物，由此推断出人类心里的某些痼疾。

"就这儿吧。"露娜指着人群背后的一小块空地："你把毯子给我，我来铺。你拿沙发充气吧。"

倪沛在充气处时，突然有这么一种担心：露娜拎着他的袋子，背着他准备的食品和望远镜，迈着碎步跑了。就这么跑了，跑到他再也看不见——这种事情经常发生。菜场里的阿姨卖掉了饺子皮店，去了深圳的服装厂；童年的邻居考上了美国的一所大学，着手准备移民；大学的同学得了优酷的好工作，却因为抑郁症离开了这个世界。这个世界有太多的岔路，一不小心，前面的人就不见了。才认识半天的露娜，也有这样的可能。北京有更好的就业机会,上海有霓虹美酒,广东有冰甜的杨枝甘露。完全,生活中的每一秒,都完全有一百万种不同的方向。沙发充气充到了一半,倪沛一屁股坐了上去:"这真他妈的太扫兴了。"就像空气消失于空气之中,水流涌入了海平面之下,倪沛随着沙发一起矮了下去。

露娜透着绿色的玳瑁边框眼镜看着他。倪沛抱着紫色的充气沙发,五指嵌在了聚酯纤维沙发皮里。露娜铺好了毯子,上面整齐地放着薯片、鸡蛋糕、矿泉水。

倪沛陷进了沙发里。露娜也陷了进去。突如其来的反弹力让倪沛往上拱了拱。就是这么一拱,让倪沛有了种超越世俗的幸福感。小时候,捏塑料泡的那种。破了一个,又破了一个,就像倪沛对这个世界的幻想,随着年岁增长,逐一地散落满地。这让倪沛有了些许感伤。不是所有人都会遇见一个绿色玳瑁眼镜的姑娘的。倪沛往右边侧了侧,想闻闻露娜的发香。

刚开始是皇后乐队,带来了一首《白色之所以为白色》。"白色之所以为白色/是因为我的忧伤/我之所以忧伤/是因为白色只能是白色/就像冬天拥抱着多巴胺/秋风送走了格林列……"倪沛跟着皇后乐队的主唱哼着。露娜双臂环绕稳坐着,嘴巴紧紧抿着。

"怎么了?不喜欢皇后乐队?"

"我拿到回形针后,"露娜说,倪沛往右边又凑了凑,想听清她的话。"我拿到回形针后,我的日子变得迅速起来。那时我十二岁。十二岁以前的生活,吃糖葫芦,骑单车,做广播体操。我们家搬到了新城区,那里有许多健身器材,还有彩色的跷跷板,我和我弟弟经常去坐。那枚回形针被我一直放在书橱里。我没有忘掉那个单身汉。不过,我还有很多事要做,数学作业,语文作文,英语默写等等。很快,我就厌烦了这一切。"

"当然,我那时也不喜欢上学。"倪沛扬了扬眉毛。

"我组建的第一个乐队,就叫'断头皇后'乐队。那时还小,取名也是一时猎奇。吉他手和贝斯手是一对。我负责主唱。有一天,吉他手把我叫到了他的房间,说他和贝斯手分手了,大家各走各的吧。后来,我的那位吉他手开始唱起了民谣。"

"那'皇后乐队'的歌曲你熟悉吗?"

"《捏死一只知更鸟》,我最喜欢这首。如果你是一只知更鸟/我会把你塞进烤箱里/拔掉你厚厚的毛发/捆住你有力的双脚/我做的这一切/我做的这一切/都是为了想给你看看/我们的天空有什么不一样……"露娜默默念着,她脸蛋上有细细的绒毛,宛如水中飘摇的青荇。

"你你你要唱歌吗?"倪沛问露娜。

"你唱,我就不唱了。"露娜耸耸肩。如果命运要求一个沙发上的两个人同时唱歌,那么这两个人之间会有异乎寻常的芥蒂。有了这种芥蒂,他们的各自的命运就像两个黑洞的互相排斥、吸引、合并,我无法保证这种荒诞性不会发生。

"可是整个场区的观众都在唱歌啊。你真的不要唱歌吗?"

"所以我们的命运就此改变了。一天早晨,因为你多睡了5分钟,导致你没有赶上那辆公交车;而不久后,公交车与一辆小汽车相撞,而那个受伤的人本来是你;小汽车里有一位青年才俊,因为这场车祸而误了飞机;青年才俊是去参加一场重要会议的,因为他的缺席,会议的结果也有所改变,而这种结果导致的经济损失,让一个银行家就此破产。行长跳了楼,他的儿女因为付不起学费被扫地出门。这一切都是因为你多睡了5分钟。如果你登上了那辆公交车,世界不会多出这么多麻烦。"

倪沛若有所思地点点头。这时,潮酒乐队已经上场了。潮酒乐队的主唱是位红头发脏辫男人,穿着皮裤。他首先带来的是他们乐队的成名曲《给我一棍子》:"美国俄州有个餐厅服务员/他最大的愿望是来中国看看/可惜他不会说中文/也没有钱来买机票/于是他想到了一办法/挨一棍子收十元/后来来了个会武功的中国人/一棍子把他打来了北京胡同……"倪沛跟着潮酒乐队轻轻哼着,旁边的两个青年站了起来,扭着屁股高歌。

"你你你真的不要唱歌吗?"倪沛用胳膊肘捅了捅露娜。

"你相信,有一天你也会像他们这样吗?"

"那不可能。我们只会越来越老。"

露娜弯下腰,拆开了一包黄瓜味的薯片:"回形针是被我弟弟发现的。他对那个单身汉并没有什么印象。后来我还去过那个筒子楼,单身汉的阳台上一无所有。也许他也搬走了。爬上楼,楼道里干干净净,没有一丝人来过的痕迹。那个瞬间,我有点难过。我想,这就是人生吧,这就是构成人生的所谓线性的命运吧。我那时还很单纯,认为命运是线性的。我从楼下摘了一朵小黄花,放在了单身汉的门前。在我刚转身的时候,门开了。我回头,门紧闭,小黄花被廊风吹过,倒在了地上。"

"你没有去打听打听,那个单身汉的情况吗?"

露娜咬碎了薯片:"我没有去打听。我那时唯一肯定的是,他确实是个作家,一个很优秀的作家。"

这时,人群一阵轰动。原来是新裤子乐队来了。向晚,前排的贵宾区彩光缤纷。光芒雀跃着,宛如青春酒醉时温柔的面庞。一瞬间,倪沛心动了,为春日的白云,为肩头的月华,为生活中某些一闪而过的奇迹。

"你现在到底在哪里/我到哪儿才能找到你/你把我丢在街上就离去/原因竟是我不再爱你/你的爱你知道我需要/可转眼我的一切没有了/你的眼睛实在太美丽/我无法忘记忘记在每个夜里……"

无数年轻人站了起来,跳着唱着。男孩脱下外衣,摇着转着。女孩伸出双臂,展现着自己的腋毛。前面不远处,一个男孩抛起一大把大白兔奶糖,洒向天空。他身边的女孩抓住了两颗。他们俩会很幸福的。倪沛的脸颊有些潮热,他的心里涌动着无数金光镀层的云朵。

露娜拆开了鸡蛋糕包装,送到倪沛面前。

"我还不饿。"

"你确定不想留点力气听听我后来的故事吗?"

倪沛吃掉了蛋糕,从背包里掏出了卫龙辣条,和露娜分着吃了。

"我弟弟也喜欢吃辣条,"露娜说。新裤子乐队正在唱最后一首歌。露娜顿了顿,等待新裤子乐队住嘴。等了一会后,新裤子乐队的主唱抱住贝斯手,一把托住了他的身体。人群沸腾了。吻一个!吻一个!哄闹声中,新裤子乐队意犹未尽地离场。

"你刚才说什么?"

"我说我弟弟也喜欢吃辣条。不过他稍微大了点后,开始注意饮食养生了。一天油不能多于二十五克,蔬菜牛肉要搭配着吃。他说这样可以活得久一点。我不知道他现在怎样了,胃口好不好,每天睡得香不香。不过,这并不在我关注的范围。我想讲一讲那枚神奇的回形针。"

"回形针?这个听起来很重要啊。为什么要在摇滚乐里讲故事呢?"

"因为重要的人、重要的话、人生最重要的转折点,你都要表达出来,要唱出来。只有你的声音,才能穿破你的黑暗。"

倪沛将薯片碎屑倒入了嘴巴。

"我弟弟拿到了那枚回形针,奇怪的是,他并没有对此感到奇怪。似乎每个单身汉的阳台上都该晾着一枚巨大的回形针。我弟弟带着那枚回形针长大。我想,可能我弟弟和单身汉之间有某种契合，首尾呼应的那种。我弟弟是个好男孩，他应该有更好的人生。"

突然，全场安静了下来。舞台灯光都黑了，只剩下场景灯照耀着。倪沛抬起头，白色的灯光落在了他的脸上。某种神煞，原来是某种神煞。倪沛和那道磅礴的白色灯光对视着。他看见的不仅仅是无垠的白色，还有很多只见过一面的亲人，和从未谋面的朋友们。

刷地，舞台瞬间闪亮。这次登场的是盘尼西林乐队。主唱染着白色的头发，朝着人群举起话筒。人群蔓延出长长短短的手。一声躁吼，人群的海达到了高潮。

吵闹的乐声中，倪沛听见了有人在表白。

"我爱你！"男孩大声叫嚷着。倪沛不知道女孩有没有听见。

我们就这么匆匆地来到，又匆匆地失去。倪沛抚摸着自己的膝盖骨，骨头有点坚硬。这个世界有多少个时刻呢。他不愿意用"瞬间"这个词语，它晶莹又锋锐。他用了时刻，平滑，柔软，又坚韧。他将被人伤害，又被人宠爱；他将被人背叛，又被重新推往人群高处；他将跳舞，又黯然退场。他曾被这个世界像个宝贝似的珍爱过，却又不可抑制地老去。他该歌颂，他该秉持缄默，倪沛垂下了头。如果再有一次机会相遇，他和露娜会不会有全新的人生？

"你弟弟后来怎么了？"倪沛啜嚅道。身边的青年站了起来，远处水雾朦胧。天空渐渐暗了，透着隐隐的肉色。倪沛喜欢傍晚的天空，就像女子穿着黑色的丝袜，消失在巷子口。

"这和回形针有关。我弟弟触摸到了回形针的含义。那段时间，他经常将回形针晾在阳台上，阳光照耀在上面。"

"回形针的含义是什么呢？"

露娜没有再说话，她从沙发上站起来，挥舞着手臂，向盘尼西林乐队致敬。

"你你你真的不要唱歌吗？"

"我的嗓子毁了。"露娜喃喃。倪沛并没有听清楚。

下面，为大家带来一首《雨天你为谁等候》。盘尼西林乐队主唱一边手拿着麦克风，一边指着人群最哄闹之处："没有宿醉/没有流连/没有依依不舍的问候/你却问我将要去何方/我想是梦开始的地方/那里有点滴的小雨/我知道是有人为我等候……"

正唱到"点滴的小雨"时，深灰色的天空开始滴落雨点。刚开始，人们手遮着额头，继续他们的舞蹈。随之，雨点越落越大，地面洇湿了一片。人们举起了伞、手包、食品包装纸。倪沛卷起毯子，可毯子已经和草叶、烂泥黏合在了一起。倪沛皱起眉头时，露娜蹲在草坪上，紧紧地抱住自己。

"你怎么了？"

"火。浇灭那场大火。"露娜瑟瑟发抖。

倪沛站在那里，雨水顺着他的手指滴落下来。

雨刮器在车窗上来回刮着。路途已经堵得看不见前方。霓虹、车鸣、倦意。倪沛很想趴在方向盘上，盹一会。后面的车鸣笛。倪沛松开手刹。如果面前的是一座悬崖，倪沛也不会阻止自己。有些东西不可避免，有些东西无可挽回。明白了这些，倪沛有点倦怠。

"回形针的含义究竟是什么？"为了让自己打足精神，倪沛问露娜。

"我们一直以为命运是线性的，然而并不是这样。克拉因瓶永远也装不满，乌比西斯环怎么也绕不出来。一切皆是因为我们的渺小。我们出生于三维世界，生长于三维空间，我们看得到的，不过是四维世界的投影，更高维空间的碎屑。可惜世间的人们并没有领悟到这些，他们以为，悲剧只会以悲剧结束，喜剧常盛常衰。"

"这是你弟弟领悟到的？"

"我刚才说了，我弟弟是个发明家。"

"你确实和我讲过。"

"他最伟大的发明是发现了回形针的奥妙。一切东西的形状都是可以改变的，包括命运。"

"然后呢？"

"他一直在责怪他们。他将回形针掰直了，从这头到那头，他回到了命运开始的地方。他杀掉了我们的父母。一切都消失了，包括我的弟弟。"

从车头反视镜看过去，露娜正在缩小，她的边缘正一寸寸地凋落，剩下的只有透明。窗外扫过一只猫的身影。倪沛张大嘴巴，只念了一声："喵。"

依然在堵车。倪沛打开了电台。

"那真是一个意外。我们没打算要她。可是她的嗓子太美妙了。我舍不得她。后来我们又有了孩子，结婚了。我从没想过我的人生是这样的，我被困住了。主持人，你能明白吗？"

电台主持人沉默了片刻。我们都是在猝不及防来到了命运的转折点，没人能料到这一点。

"她出意外时，其实是有机会活下来的。录音组将她送进了医院。医生说需要大量的青霉素。然而，问题就在于青霉素。我对不起她，我真的对不起她。"

"对您的故事，我们都感到非常抱歉……"

"你不必抱歉。现在我肚子里还有一个，是个女孩。我知道，还是她。她还想来到这个世界，继续歌唱。"

"您真是个勇敢的妈妈。"

倪沛关闭了电台。真是个悲伤的故事，他想。人人都有悲伤的事。倪沛会弹吉他，听摇滚。自从离开父母后，他一天吃六顿饭，一睡一整天，都没有人管他。他想把自己隔离于这个世界之外。一种真空的状态。当我们受伤的肌体处于真空状态时，我们就再也不需要青霉素了。

后面的车不耐烦地鸣起了长笛。

"妈妈/为什么天空那么蓝/妈妈/为什么夜晚没有歌声/妈妈

/为什么我要穿裙子/妈妈/为什么数学功课那么难/妈妈/为什么他会喜欢我/妈妈/为什么我要考大学/妈妈/为什么工作那么忙/妈妈/为什么孩子哭个不停/妈妈/为什么我们都会衰老/妈妈/为什么你要离开我/上帝啊/为什么天空那么蓝……"

倪沛听着电台里的歌曲,却无法发出一个音节。

"你还是去听'新兔子'了?"老蒋眯着眼,捻熄一支烟。

倪沛摸着老蒋裤子里的东风:"真不打算去找她了?"

老蒋摸出四条与八筒:"和了。"

"毕竟还有两个孩子呢。"倪沛将四条和八筒稳稳地放在桌上。

她还会有新的人生。老蒋推倒了所有的麻将牌。只要命运许可,每个人都有不同于往日的选择,我们可以选择不相逢。

倪沛和老蒋说了会儿股票赛马的事。老蒋似乎有些沉闷。倪沛离开了他家,他一直在抽烟。

倪沛坐在了家里的沙发上,他想起了自己的姐姐。她有一副绿色的眼镜。

他戴上那副绿色眼镜,阳台上的那枚巨大的回形针,像猫一样蹿了出去。

有大片云朵燃烧的夜晚

据英国熊猫报报道,一,目前亚马孙雨林的火势尚可控制;二,斯特兰尼岛的总统病人膏肓,或将成为全球首例做换头手术的病人;三,国际卫生组织将采取强制手段,清除麻风病人手缝间的污垢,给大家一个清洁干净的生活环境。

博泽关闭了收音机,这部收音机是他母亲留下的。他母亲留下的东西不多,几卷橡皮圈,一个熨烫机,三本写了几行字的笔记本,还有一个咖啡杯。博泽总是想,要是她没把他留下,该多好。不过,如果他也不在,那个咖啡杯迟早会碎的。这就是她的深意,博泽对自己说。

用那个咖啡杯喝过咖啡的女孩,不止雷蕾一个。博泽不是吃"窝边草"的男孩。他抱着吉他唱歌的地方,是有讲究的。总有一天,他想,总有一天,有人会在南京地图上把那些地点连接起来,发现一些了不起的东西。也许像雷蕾的那件黑色乳罩。想到这，博泽就有些忧伤。过了那么些年，还会有人记得一个女孩的乳罩吗？博泽拨动吉他弦，像是拨动那根黑色的肩带。这让他更加忧伤了。

这些年，他当过海员，卖过保险，还在成都的地下酒吧跳过舞。他无法评判哪种生活更吸引他。在那个地下酒吧，博泽遇到过一个魔术师，魔术师为他算了一卦。他不知道魔术师为什么要给他算卦，要是能给他变出一只鸽子或玫瑰什么的，那这个世界会显得更加正常。魔术师说博泽生命中有水火之患。幸亏他当时已经离开了大海，博泽想。不过这也太扯淡了，博泽又想。这个世界上的所有人都有水火之患。起码，他不会在咖啡杯里被淹死。后来魔术师把自己给变没了。在众目睽睽之下，他就在舞台上消失了——是真正的那种消失：帽子、西装、领带落了下来，他连眼镜都没带走。魔术师的行李就放在小旅馆，过了几天，那些东西被扔了出来。博泽去看过，衣服、胸针、雨伞，包括一只煮蛋器，都陆陆续续被人捡走了。还有一张魔术师的身份证，被一个面目模糊的男人买走了。博泽觉得，这是他见过的最棒的魔术。后来他离开了那里，回到了雷蕾所在的这个地方。

博泽下决心去找雷蕾。他已经有十年没和她联系了。这十年里，他一直在写信，没有收件人。他将它们带回了南京。他不知道它们是谁的。也许是他母亲，也许谁都可以。但他决定将它们还给雷蕾。它们属于她，属于一个穿黑色乳罩的女孩。博泽仔细想了很久，十年前，雷蕾住在珠江路地区。那里有学校，有医院，还有长长窄窄、弯弯绕绕的马路。博泽曾经在那里迷路了很久，那是一栋工厂的家属楼。博泽想雷蕾一定搬离了那里，或许那栋楼也不见了。博泽在那里唱过很多歌，大部分是周杰伦的。他和雷蕾分手时，雷蕾告诉他，她把他唱的歌都录了下来，在一个磁带里。但雷蕾没有给他。现在是交换的时刻了。博泽靠在地铁一号线的座椅上，对自己说。磁带归我，信归她。

他的第一封信是按在墙壁上写下的。当时他欠了一点债务。催债的人就在门口。而那时他就想写信。时间关系，他就写了几行字："宝贝。等我。船在那里。速来。"这几行字相当珍贵，每逢艰难时，他都会默念它们。他在和马来西亚那妞喝酒时，还念叨过这几句。后来那妞给了他一巴掌，说他骂人。他又和一个日本瞎老头讨论过这几句的韵脚问题。老头很有学问，会俳句。后来老头吃掉了他八千日币，鬼知道那些刺身这么贵。他还和韩国的一个街头歌手谈过价格，他想把这几句编成小曲。后来也黄了，街头歌手偏向于说唱，博泽偏向于民谣风格。某一次，博泽躺在海滩上，念着信，被烈日戳出了眼泪。要是南京也有沙滩，雷蕾会在上面留出怎样的形状？无论是怎样，海浪都会将其带走，博泽望着太阳痛哭起来。

他不期待雷蕾会给他回信。他从没有期待过。在印度洋上，他经历过一场台风。台风过去后，船长清点船上的货物。没人发觉少了一个人。少的是他，博泽。他站在船舷上，感受海风刺穿他的胸膛。过了一会，海面上起伏着夕阳的金光。一头鲸鱼跃了出来，夕光被它的身姿遮住，又一点一点地涌出。海上回荡着巨大的响声，像一阵阵扩散而来的麦浪。那一刻，他期待他一直站在那里，在世界与幻境的交界处。海风带走了他的肉体。那天他喝了很多酒，他告诉那些水手们，岸上有个叫雷蕾的姑娘等着他。

那次台风之后，博泽回到了岸上写信。他成为了一个保险推销员。"只要播下种子，收获幸福明天！"他向每个路人重复这句话，没有人愿意相信他。不过日子还过得去。但在陆地上站久了，他总感到眩晕。为了克服这毛病，他来到成都跳舞。有好几次，他觉得台下坐着雷蕾。博泽一直后悔没让魔术师变出一个雷蕾来。他有那个能耐。

地铁停住了，门打开。博泽放下背包，取出收音机。

据法国斗牛犬报报道，一、目前亚马孙雨林西南部的大火基本扑灭；二、美国好莱坞将引进1000只信天翁，以舒缓世界级影星芭布朗·亚莉克希亚的抑郁症病情；三、瑞典科学家声称，他们将在2023年推出人体器官机械版定制服务。

博泽收起了收音机。下一站就是珠江路，他感到一阵恍惚。十年前，他也在这里下站，上站。不只是这里，还有其他地方，还有苜蓿园、玄武门、金马路等等。他曾在地图上连过线。并不是特别像，甚至还有一些牵强。不过，他不知道雷蕾是不是还喜欢黑色。博泽感到一阵失落，如果她还那么喜欢黑色，他会买一个黑色大信封，将这些信都装进去。

出了地铁站，博泽在南大鼓楼校区走了一会。他还不确定应该说些什么，特别是十年之后与雷蕾相见。大学的学术氛围会给予他灵感。他的第十三封信就是在一所大学里写就的。很神奇，那所大学坐落在太平洋上的一座小岛上，叫梅克灵岛。岛上只有一百多户人家，狩猎、打鱼、摘果子。那所大学就叫梅克灵大学，设置了二十八种专业，同时向全世界招生。每年来上学的学生，基本要坐两天以上的轮船。家境富裕的，会坐直升机来上学。博泽在学校里转了一圈，遇到了几个经济系的学生，还有一群悠闲散步的狸猫。那几个学生给他指明了图书馆的方向。博泽翻阅了莎翁的诗集，转而在第十三封信上写出了一首诗。

校外有许多煎饼摊。雷蕾也喜欢吃煎饼，双份煎蛋，多甜面酱。即使背着吉他，博泽也会给她买一份。雷蕾从窗户里吊下一个篮子，博泽把煎饼放进去。如果她家阳台上挂着白色的T恤，博泽就能直接上楼，与她相会。更多的时候，她家阳台上是红色的T恤，黑色的内衣，还有各色各样的袜子。博泽坐在家属楼前的石凳上，唱一曲《她的睫毛》，再唱一曲《七里香》。一个年纪大的老头，塞给过他十块钱。他用这钱给雷蕾买了可乐。后来，雷蕾告诉他，那个老头是她楼上的邻居，人有点老年痴呆了。博泽再次见到那个老头，给他弹唱了一曲《我的祖国》，老头又塞给他十块钱，博泽接过来，转手塞入了老头另一个口袋。

往东南方向走，过了红绿灯，再拐个弯，就到了雷蕾家。然而出现在眼前的，是一条商业街，有卖新疆羊肉串的，有便利超市，有肯德基麦当劳，还有水果商店。家属楼原地址上，树立着几幢公寓楼，楼下是蛋糕烘焙店、咖啡馆以及一家私人诊所。

第二十七封信。博泽想起了第二十七封信，这一封是在船上写就的。那晚，船上的电力出现了问题，电灯时明时暗。博泽上铺的水手出去值班了，他一个人待在宿舍。他闭上眼睡觉，却怎么也睡不着。他想起了上一个港口酒吧里的一场斗殴。是一个黑人壮汉，还有一个黄皮肤的小伙。壮汉把小伙打趴在地，还用尿滋满了他一脸。听旁观者说，小伙问候了壮汉的妈。博泽想起这一幕，反复问自己，如果有人对他说了同样的话，他会不会也把那个人揍得满脸是尿？博泽无法确定自己的答案。他已经不记得母亲的容貌了。要是小伙说他的母亲是黑鬼、黄疸病患者、无可救药的性瘾者，他也没法坚定地否定他。于是他起身，打开随身携带的手电筒，写下了第二十七封信。

博泽走入了蛋糕店。这里面充溢着甜腻的气味，很像雷蕾那时用的柠檬香皂。

博泽问正在切蛋糕胚的店员，认不认识这儿一个叫雷蕾的女孩？

店员头也没抬，朝着后面的房间喊了一声："雷蕾，有人找你！"

从房间里走出来的，是一个身材臃肿、满脸青春痘的胖女孩："定奶油的？还是慕斯？"

博泽夸赞了他们的蛋糕。他无法从这样的重逢里提炼出意义。事实上，他甚至觉得这个女孩连第一封信都没有耐心读完。她只喜欢坐在沙发上，拿着甜甜圈，看流水般滑过的肥皂剧。这样的人生也无不可。博泽曾在美国的某个港口停留过大半个月。这大半个月里，他花了一半的时间，坐在女孩身边看肥皂剧。女孩并不固定，但她们都爱滑板、说唱，和电视里那些多金又不切实际的男明星们。他曾经和一个手腕上文着卡地亚表的女孩交流过对爱情的认识。女孩说，爱情只是一种元素，这和质子、原子核、白矮星是同样的。博泽摇头，他觉得爱情是人类特有的本领，他不相信星际爆炸是出于强烈的性吸引。他们谈了很久。醒来时，女孩不见了，他的手腕上被画上了一个卡地亚表。从那以后，博泽觉得自己的时间有了特殊的表达形式。比如，下午茶的时间可以用茶饼的美味程度来表达，一天中发呆的时间可以用鞋子的磨损程度来表达，一个人对另一个人的爱意可以用他眼角的皱纹来表达。而此时此刻，就是站在胖女孩面前的此时此刻，他只能用十年写的信的重量来表达遗憾。

博泽带着那家蛋糕店做的曲奇饼干,走进了咖啡馆。咖啡馆很有格调,黄的光,红的地砖。他要了一杯卡布基诺。在他的记忆里,这是母亲最爱的口味。这些年,他不光给雷蕾写信,他还给母亲写信,很多封。在成都地下酒吧里,他写的绝大部分信都是给母亲的。不知道为什么,凌晨四点,走在空无一人的街道上,他无比地想念她。成都多雨,街道两边都是湿漉漉的。有一次,他喝了点酒,醉倒在路边。醒来时,他发现自己的脸正埋在井窨盖上,透过缝隙看下去,有粼粼的、四处闪耀的波点。他被这一幕触动到了。二十几年前,在她的肚子里,他曾经见过这一幕。这也是他选择来这世界走一遭的原因。

据泰国长鼻猴报报道,一、目前亚马孙雨林东部的火焰突破了救灾防线;二、近日,巴哈马群岛周围的粉色大海被一种奇怪鲸群搅乱,呈现出从未有过的橙色;三、日本北海道地区发现一种新的石斛品种,专家表示,只要加以广泛培育,可以解决全球 38% 以上的癌症患者用药问题。

服务员送来了一包白糖。博泽想让她拿走,却瞥见了她脖子间的黑色肩带。

"那个……"博泽刚要说什么,服务员却转身离去了。博泽跟着她到了收银台。

"先生,您是扫码还是现金支付?"服务员问博泽。

"我们这边新推出了套餐服务。"服务员见博泽没有反应，继续说着。"今天是周五，你可以点一份蒜泥肉酱面，配一杯海盐奶盖、一份小食双拼，原价要九十六元，周五特价五十八。同时您也可以享受办卡优惠。充三百送三十，充五百送六十……"

博泽没有听完就走了。那杯卡布基诺还在桌上。那不是他唯一没喝完的咖啡。那次在佛罗伦萨，对，就是在那个地方，他看见了他的母亲。他不知道母亲为什么要来这个地方。还是在佛罗伦萨喧嚣的广场上，她在一个涂满银色颜料的街头流浪艺术家跟前驻留了一会。当时博泽正在咖啡馆里喝咖啡。他扔下一笔钱，攥着包就出来了。广场上有人在喂鸽子，一个老人手一扬，鸽子全都飞舞起来。等鸽子落下时，母亲不见了。回到甲板上，博泽用铅笔在信笺上画出了她的面容。他没看清她的脸，也不知道她衰老后的模样。但那就是她。

私人诊所门前立着一个人体秤。博泽犹豫了片刻。他不知道该不该打搅他们的寂静。似乎只要他一站上去，地球就会坍塌似的。他体验过这样的感觉。尤其在那家酒吧倒立跳舞的时候。一切都是反的，沙发、酒杯、红指甲、黑色的美睫线。只有魔术师默默地坐在台下，朝他眨眼。只要他一撒手，他就会摔倒在这个舞台上，将这里砸出一个大洞，然后贯穿地球，再无四季轮回之分。然而他紧紧地抓住了，泽打开了诊所的门。

穿着青绿色大褂的女人正坐在柜台后看电影。听声音，应该是某种玄幻类的。

等那场诸神大战结束了，女人抬起头："请问您需要什么？"

"我想打听一个人，"博泽说。"她以前住在这里。"

"我们这边是诊所，不是包打听。"女人按下了屏幕上的暂停键。一个有两个牛角的男子抱住了狸猫女。

"我知道，但是她对我很重要，我只有一家一家问。"

"她叫什么？"

"雷蕾。"

女人倏地抬头。她用一种不可思议的眼神看着他。

女人告诉他，雷蕾是她的侄女，上个月因为胃癌去世了。

博泽走出了诊所。阳光照亮了他影子的边缘。真是奇怪啊，阳光能照亮所有表面的东西。博泽经常站在甲板上，畅想离他脚底几万米的海洋深处。那里是黑暗的，谁也看不见阳光。如同死亡。死亡，博泽为此写下了第六十九封信。他为万物的死亡默哀。棕榈树、椰子果冻、白色细沙、结实性感的小麦色皮肤。这些都会归于寂灭。就像这个雷蕾一样。博泽的眼泪涌出了眼眶。他的雷蕾从来没有舅妈。可是，总有其他的雷蕾会有舅妈。

向晚了，诊所旁的小巷子里，支起了一个煎饼摊。

"双份煎蛋，多甜面酱。"博泽说。

妇人摊饼，煎蛋、撒料、抹酱，动作十分娴熟，仿佛这十年的时光只是一瞬。

博泽撕咬着煎饼，努力抑制住，不让自己哭出声。他已经不记得煎饼是什么味道了。遗忘是某种宽容。博泽告诫着自己，眼前出现了模模糊糊的白色影子。是个年纪大的老头，穿着一件白色 T 恤。博泽跟上了他。

"大爷，你还记得一个叫雷蕾的女孩吗？"

"雷蕾啊，我认识，"老头说。

"你可以带我去见见她吗？"

"当然。跟我走。"

老头往前走着。博泽没法确定，这是十年前的那个老头吗？如果他当时已患了老年痴呆症，照理现在已经不在了。什么都会有意外。博泽朝自己的影子点头。

也不知走了几步，走到了哪里，白 T 恤的老头不见了。面前是空空的巷子，一辆生锈的自行车斜靠着白墙。

据澳大利亚鼹鼠报报道，一、目前亚马孙雨林已经损失了五分之一的动植物；二、加拿大东部的猩猩出现大面积秃头症状，专家呼吁人类要减少环境破坏；三、南极科考队发现，远古时期的巨型病毒正封存在冰层里，随着温室效应加速，这些病毒会复活，再次肆虐地球，不排除人类最后变成丧尸的状况。

不知哪个窗户里传来了广播的声音。这些新闻报道让博泽感到安心。刚才的那一刻，他以为穿越了，他回到了十年前，背着吉他，穿过小巷，去见一个叫雷蕾的女孩。女孩有黑色的内衣，红色的嘴唇。

巷子里没有人，除了刚才的广播声，一点声音都没有。博泽见四下无人，跨上了那辆自行车。他不确定这里是乳罩的肩带处，还是锁扣处。他要去一个地方，寻找到母亲，和她一起喝杯咖啡。他还要去更多的地方，给雷蕾写下各色各样的信。他的收音机缺少一个磁带，而雷蕾有。他的可可树上枝叶繁茂，而雷蕾就是他的麝香猫。来不及了，一切都来不及了。亚马孙雨林已经烧掉了五分之一，而可可树也在焚烧。他无法挽回，很多东西都无法挽回，只是大部分人不承认而已。

博泽将那一摞信封解开，放在车篮里。自行车行进着，一封封信被风吹起来，漫天纷飞。其中一封打在了他的脸上。博泽停住，是四年前的一封。那时，他还是一个保险推销员。他卖着一种叫作"骨头险"的产品，只要你对自己的骨头上保险，以后你骨头出现任何情况，都会有相应的赔偿。虽然这种产品没有市场，似乎也没有前途，但博泽觉得，那是他人生最有意义的一段时光。他用这种枯燥又繁复的方式，挽回那些人们毫不在意、却无比重要的东西。没有人选择相信他。他们都以为自己能活到一百岁，并拥有他们所拥有的。事实上，大海里的任何一滴水，都会回到大海里。博泽将那封信撕成碎片，哗地往前洒出。一大部分扬在了他自己的脸上，他甩甩头，像刚从雪地里爬出来似的，欣喜万分。

博泽在巷子里转了许久，没有一个生物，除了自行车的吱呀声，一切都在屏息着。剩下来的信被他装进了背包。他感觉，如果那个魔术师出现在他面前，一定会把它们变成一只一只鸽子，飞到各自的主人身边去。可惜他已经逃离了这里——这个困扰人类的地方。有人会在这里睡觉，有人会发疯，还有人锻炼身体，意图推翻白墙。而他选择成为它。成为它的一部分，成为那个应该坐在自行车上的有机整体。

阳光一点一点暗淡了下去，快到晚上了。博泽却感到了幸福。如同我们的星球一样，当你的一部分进入黑暗时，另一部分正在面向光明。

据埃塞俄比亚鹦鹉报报道，一、目前巴西政府已经放弃对部分雨林的拯救行动；二、泰国某地区的一头骡子居然自行生出一头小骡子，被当地人民供养起来；三、美国一项研究表明，人类的男性正逐步向女性过渡，而不久的将来，女性身体里会进化出 Y 染色体，人类的性别将出现翻天覆地的倒置。

博泽的收音机还能收到广播。博泽一边靠着收音机，一边靠着自行车。他小声念着："宝贝。等我。船在那里。速来。"他怕打破着久违的平静。他想念这种平静，就如他想念雷蕾。

天空成了墨蓝色。博泽站起身，将自行车斜靠着白墙，走出了巷子。巷子外是霓虹，是人来人往。突然他明白魔术师的意思了：将来的某一天，他会被彻底淹没在人海里。这让他如鲠在喉，这还不如杀了他呢。在他吹着海风时，搂着姑娘时，跳着那种香艳的钢管舞时，他都在避免想一件事：他的雷蕾，会变老，会搬走，会和他毫无联系，也会嫁人，生子，成为茫茫大海里的某一颗。这是比死更让他难过的事。

博泽坐上了一辆巴士。他不知道巴士开向哪里，他也不必知道。

终点站是长江边。江边搁浅着一艘破旧的小船。他知道，会有人等他。他也知道，船就在那里。博泽用打火机点燃了信封，它们叫嚷着化为灰烬。他又抬头看着夜空，云朵在燃烧，在相互挤兑，相互吞吐，又相互体慰。从云朵的燃烧程度上得知，亚马孙雨林的火势总算控制住了。他不必担心可可树的存亡。事实上，可可树总会灭绝的，但不是在他的有生之年。雷蕾也是，她总会离开的。

博泽在小船里坐了很久。成年之后，他不是没有找过他的母亲。有人说，她去广州定居，嫁给了一个老板，生活得很幸福；有人说，她去了福建的一个工厂里打工，操作失误切掉了两根手指，正靠着低保生活；还有人说，她就在江苏的某个地方，起床烧饭，打扫卫生，将她另一个孩子拉扯大。无论怎么说，博泽都知道，他是这个世界多出来的一个。他用了将近三十年的时间证明他的存在，却依然成为了他人的赘余。所以，博泽对自己说，如果他的母亲还健在，他虔诚地祈祷——他的母亲在佛罗伦萨，她一直在那里，并且永远会在那里。

撸　串

要不是华仔喊我们来撸串，我已经忘了任志达这小子了。"老规矩。"华仔开口，"今晚谁的签子最少，谁他妈给我去结账。"我们也没当回事，吹着酒瓶撸串。只有任志达，嘴里忙得不停，八辈子吃不到羊肉串似的。

"任志达，你媳妇不给你饭吃啊？"有个哥们打趣。

任志达嘿嘿笑着，将手里的羊排拆成了四大块。

"你得说明白，是哪一个媳妇。"另一个哥们说。

我们的摊头爆发出大笑。

任志达也不生气，骑着一辆破自行车走了。那车屁股后面还有广告纸，一片红的，写的是"学前早教"；一片黄的，写的是"无痛人流"；还有片蓝的，写得分明是"老中医专治"，后面的字被人撕掉了。车后座还绑着个喇叭。任志达不止一次地提到，这喇叭是德国货，就算是公鸭嗓，喊出来都是《新闻联播》的水平。

"这小子,越来越嚣张了啊。"华仔摁灭烟头,一掌拍散了任志达座位前的木签堆。"逮谁吃谁,难怪大学骗我们入股时,说自己最有商业头脑。"华仔干了杯里的酒:"我说弟兄们啊,要是哪天任志达还活着,但凡撸串,谁都不可以忘了这小子。"

那天华仔还说了很多话,有个哥们唱了《兄弟抱一下》,几个大老爷们就抱在一起哭了。华仔摔碎了啤酒瓶,叫人扶着他去结账,没走两步,就倒下了。那几个爷们还在吼着:"兄弟你瘦了,看着疲惫啊……"我去拐角处撒了泡尿,回来把账结了。

我没有鄙视任何人的意思——事实上,我还是任志达的众多债主之一。在我们那个年代,任志达可谓是一个传奇。当然现在还是我们的年代,华仔去了国企,努力了两年,接替了他父亲的位置;我考了公务员,父母给我买了房。偶尔,我会想起毕业的那晚,任志达在操场草坪上跳舞,说是什么失传已久的《广陵散》。华仔拉着小推车,运来了一箱雪花。后来的事我记不清了,听学妹说,那个晚上被人编成了小小说,上了广播台《校园鬼故事》。我追那学妹好久了,托了任志达的福,我第一次听学妹说这么多话。

任志达不是南京人。这句话一直附带在他的自我介绍里。在任何时候,他都会讲这句话,然后提及他出生的那个小县城。我们对那个小县城兴致寥寥。他又啰唆,马云也不是什么南京人，马化腾也不是，王思聪他……我们会立马打断他，问他和任志强是什么关系，他摇摇头说，反正不是你们南京人。他作业做得很快，成绩拔尖。在我们都认为他会保研时，他逃课，做生意去了。他的第一笔金就是他帮我们写作业、跑体测 2400 米攒下的佣金。后来他又撺掇我们投资。华仔是大头，我也把我两个月的伙食费给了他。谁也没好意思和他提，要是有人稍微暗示到了，任志达会够着脖子说："我又不是你们南京人。"

就因为任志达这句话，华仔把他当个人了。这彰显了任志达的重要性。任志达有一个零钱罐，专门收那些无主的小硬币。华仔出门坐地铁，不带地铁卡，专带纸钞，我们一众回来后，都会将手头的零碎塞进任志达的储钱罐。任志达看见了，华仔就说，在练习投篮。后来我们的篮球课，华仔就得了 75 分。华仔却说这是他的骄傲。

毕业那年，我们每个人抽屉里都多了一张红钞票。而任志达的抽屉里，只有打碎了的零钱罐碎片。华仔说，那张红钞票还被他夹在《大学高数》课本里，说将来要是任志达发达了，他会将钞票裱起来送给他。为此，华仔搬家时，还不忘这本《大学高数》。这本书凝聚了我们的精华：华仔将书里的公式内容用透明胶带黏出来、卷起来，带进考场，供我们一起参考。所以，那本书里，最重要的公式、口诀已经被抹除得干干净净了。不过，那次高数考试，华仔差点被捉到，得亏我及时将胶带塞进了裤裆里。

毕业后，我一直忙于公务员培训。华仔进了国企，认识了他经理的女儿。我常常嘲笑他是"一步登天"，他潇洒地甩甩头："好风凭借力，送我上青云。"我问他知道任志达的消息不，华仔又甩甩头："人家现在可是著名媒体人。"

没错，任志达闲不下来。我们都读的电气工程系，但任志达坚信自己是一个满肚子墨水的人。在我们为学年论文焦头烂额时，任志达早就交好了论文，成为一名光荣的《长江工人报》实习记者。他曾经还上过一次封面："为工人学子送祝福"。他与一个满脸痘痘的学生妹站在一起，两人托着一个粉色气球，上面写着"好好学习，天天加油！"那期报纸我们一人一份，典藏在每个人的毛概书里。任志达每天早出晚归，回来会告诉我们新闻在他心中的神圣性，是社会的良心，是人民的发声筒。我们衷心祝愿他能成为新闻界的南丁格尔。在报刊学到了点东西，任志达就开始张罗，果然，两个女学生被张罗过来了，一个是南大新闻系的，一个个头矮的，被他张罗成了自己的女朋友。姑且称那个女孩为"苏苏"，苏苏不仅给任志达织毛衣，还送过早餐到我们宿舍楼底下，而且还比任志达小三岁，在南大金陵校区上大一。任志达和当医生的父亲要来了买房子的30万元，租了个单间，开始了《新闻看校园》的相关业务。

毕业刚开始那会，任志达的主要职务是新媒体的业务顾问。我不知道这是一个什么称谓，据他自己说，赚了很多钱，一直想投资，问我什么基金利息最高。我推荐了几个，他挑肥拣瘦，说什么庞氏骗局什么的。我也没当回事，请他喝了杯咖啡。他说咖啡里的咖啡因对心脏不好，让我以后少喝一点。我把他送走，一个人对着空了的咖啡杯愣神。明天要交讲话稿了，我才写了个开头。当写到一半，我又想到了任志达。"分管领导"，我想起任志达帮辅导员点名的场景；"市场监督"让我想起每年新生报到时，任志达帮助老师分发军训用品，好像一捆80元，我嘲笑他是"年年当新生""经济新规划"，这五个字总是让我不是滋味。

任志达再次出现在我的面前时，已经是个小有名气的诗人了。他说他去过《星火诗刊》的研讨会，认识了不少文学界大拿，互加了微信。他还说，他的成名作就是《绕地球一圈还是睡不了你》，博得了不少名声。综上所述，他已经在文坛上功成名就了，也算一个成功的南京人了，希望哥们几个一起出来搓一顿。我将这事告诉了华仔。那时候，华仔正在搞英语培训班的生意，和任志达当时一样，租了个单间。唯一不同的是，华仔的这个项目倒是有声有色，不像任志达。任志达的《新闻看校园》刚开张时，不少学生闻讯而来，一来希望多个实习经历，二来也希望这项目能成，做个合算买卖。任志达人脉还不错，忙碌起来了。红火了一阵后，几个学生记者跑了。任志达交满了三个月房租，就和房东扯皮。合同上写的是半年，任志达拿回了一部分租金，其余作了违约金。临走的那天，任志达打电话说，东西太多，带不走。华仔开着学校爱心助残专车来了，彼时他正是学生会副主席。任志达的东西,无非就是两三包卷筒纸、一盒记号笔、两台笔记本电脑、一摞书,其他桌凳,他已经折价卖掉了。当我们要打包走时,一个女生从卫生间里出来了,眼睛红肿。她就是那个一开始就张罗过来的南大新闻系女生。我不太好意思问人家,任志达耸耸肩:"赔了,都赔了。"

我也好久见不到华仔了,虽是一个城市,华仔忙着工作、谈恋爱、英语培训班,我忙着写文件、做表格、开大会,而任志达忙着忙着,就忙成了有头有脸的人物了。比起像华仔那样活着,或者像我一样活着,我更羡慕任志达的生活。"活着和生活是不同的。"任志达说过的话,一直印在我的脑海里,"生活是冒险,活着是妥协。"任志达扬起45度角仰望天空。我至今仍记得他的表情,空洞,凝练,又言之有物。

"我就说嘛,这小子。"华仔拿着菜单,上下逡巡着。他点了两份绿叶菜,我点了一大碗冬瓜海带汤。其余等任志达来点,我们不是馋任志达的晚饭,我们只是想见他一面。

任志达瘦得精干精干的。我们打岔说苏苏榨干了他,又不给他做好吃的。任志达一口气喝干了冬瓜海带汤,闭着眼睛"嘿哈"一声,呼出一口真气。在他的口吻中,我们得知,他正和两个女诗人打得火热,就是《星火诗刊》的那次研讨会认识的。我们问他条件怎么样,他说一个胸大,一个屁股大。我问哪个大比较好。华仔还没说出口,任志达一板一眼地说,北大比较好,他小时候的梦想就是考上北大。我们不约而同地"切"

了一声。任志达埋下头。要不是他高考前一天，同桌请他吃冰淇淋吃坏了肚子，他保准是北大。华仔搛起一筷子洋葱炒莴笋，夹在白面馍馍中，塞进了任志达的嘴里。

那晚我们都醉得不省人事，小饭馆的酒精兑水还挺上头的。华仔说，任志达是我们班最有志气的学生，要是给他一个支点，他能撬动整个地球。我说，可不是吗，我们电气工程系2011级的大部分论文，都有他的功劳。任志达喝得稀里糊涂的，说是要给我们唱歌，歌词是他新写的诗。唱着唱着，任志达就唱飞了，我们只好拍拍翅膀，和他一块飞。"我走上长坂坡，用了几个月亮，我走下相思桥，摘下两颗星星，星夜常可依，月华如鸿注，唯独唯独，睡不到你……"任志达飞着飞着，又开始吼了。服务员透着一条缝观望我们。华仔把任志达按了下去。任志达摸着华仔的手说，好软啊，姑娘你还没有23岁吧？华仔扶着任志达对我说，你知不知道他住在哪里？

最后我们找了个小宾馆。任志达睡了会儿，起床熟练地洗了个澡。他穿着浴袍走出卫生间，看着坐在床沿的我们。

"我们……需要走吗？"我吐出一句话。

任志达没有说话，坐在了我们旁边。兴许觉得有点尴尬，我和华仔起身要走。

"你们……不想知道我有没有睡到那姑娘？"

我停住了脚步。华仔拽住我的胳膊，示意任志达喝醉了。

到现在我都不知道任志达有没有睡到那姑娘，或者那些年，他到底睡了多少个姑娘？这不重要。换句话说，任志达睡多少个姑娘，都和我们没关系，我管不着。可想到任志达坐在床沿，长发湿哒哒地耷拉在浴袍上，他的半张脸浸没在阴影里，显出一副忧伤的样子，我觉得任志达有那么一瞬间是动了感情的。可能不是为了一个姑娘动情，也不是为了什么狗屁兄弟情，而是为了一段过往的岁月动情。这是很久以后，我才悟出来的。

过了段时间，我父母给我介绍对象，想着华仔也要成家了，我就和那姑娘处着。有一个周日，我和领导请了假，约姑娘去夫子庙玩玩。我们并排走着，说着不咸不淡的话。在一个卖彩虹冰淇淋的拐角，我看见了任志达。

"著名诗人最新诗集《消失在你的全宇宙》，一本二十元，一本二十元。"任志达倚在一辆破自行车上，车后座绑着一个喇叭，喇叭不知疲倦地喊着。来来往往的游客很多，鲜少有人驻足。

"你想看看诗集吗？"我转头问那个姑娘。

姑娘瞥了一眼任志达，没说话。

我不确定任志达有没有看见我，反正我们谁也没有和谁打招呼。我给姑娘买了个彩虹冰淇淋，又带她去水游城逛了逛。姑娘喜欢玩偶，我买了一个泰迪熊；姑娘想吃西餐，我们也吃了顿牛排；姑娘想看电影，我们就去看了电影。我以为我们能成，前前后后牵扯了半年。这半年里，任志达没和我们其中任何一个人联系。后来姑娘和我提分手。我也就纳闷了：这半年里我都没和她牵手，怎么能算分手呢？不过也没什么，现在人约完炮溜走了，还叫"分手"呢。我很想知道她为什么和我分手，不过想想也算了。被占便宜的人是我，不能连个尊严都不留给自己。只是偶尔我会想起任志达，这小子魅力大着呢。

再一次和任志达扯上关系，是那个苏苏来找我了。她不是一个人来的，还带着肚子里尚是胚胎的孩子。苏苏一口咬定孩子是任志达的。我问苏苏，任志达的孩子，你来找我干吗呢？苏苏带着哭腔哀号，她找不到任志达了。我一听头大了，任志达终究还是搞出人命来了。说实话，在我认识任志达的这段时间里，他的女粉丝向来不少。任志达一米六几的个头，貌不惊人，皮肤特别黑，就是有女生愿意。一开始我以为是因为他的才华，后来我不得不承认，有些人就是这样，不需要多少描摹，爱情的轮廓就出来了。我稳住苏苏，打电话给华仔。两个大男人，为了这件事焦头烂额。任志达的手机已经停机，他早就从前些年租住的地方搬走了，他的父母我们也联系不上。我们不知如何是好。我陪苏苏去打胎？还是华仔？都说不通。后来我们给苏苏凑了一笔钱，打胎够了，还可以吃点红枣鸡蛋。

任志达消失后的大半年里，华仔的英语培训班有声有色，已经考虑开分店了；我也算幸运，大学时凭着好奇买下了十几个比特币，现在一个价值四千多人民币了。除了父母偶尔唠叨，我过得还算适意。在越来越多的领导文件下，我也在记忆里慢慢疏远了这个朋友。

第二年的元宵节,我接到了一个不同寻常的问候。这个号码来自广州,我以为是推销或者诈骗,按掉了电话,结果手机又响了起来。我接了电话,想见招拆招,调戏下客服。

"喂?"

"是我。"

我没想到会是任志达。任志达说,他现在正在回南京的火车上,对面的农民工高悬着他的臭脚丫,旁边还有一麻袋的劣质皮料腰带。我问他这大半年他去了哪里。他说,他在祖国各地穷游了一下,见到了布达拉宫的鹰隼,也见过了玉龙雪山的栈道。我说,你小子死不悔改呢。任志达叹了口气:"我还是想不明白。"我说:"你早点明白,早点滚回南京。"任志达深吸了一口气,鼻息有些婆娑:"南京……我现在回南京了?"我说:"是是是,你回来了教我们粤语啊。"任志达不说话,我听见对面的农民工挪动了身体。

回到南京后,任志达重操旧业,当了一名新媒体的撰稿主管。我不明白具体是做什么工作的,但任志达隔三岔五地发几篇社论,批判社会的黑暗面,弘扬光明的正能量,我们都以为他稳定下来了,有了自己的事业。

没过多久,任志达在朋友圈宣布,他开了一家韩式炸鸡店,美团、饿了么全天配送。无论是哪个饭点,哪怕是深夜,他都会在朋友圈发布一些炸鸡刚出锅、沥着油、裹酱料的视频。我常常深夜里百爪挠心，不止一次地想屏蔽任志达。任志达没有理会到我们的反感，反而经常群发消息："本店周日特惠，买整鸡送鸡骨架，买半鸡送牙签肉，心动不如行动，动动手指就能送餐到家。"有一次我实在忍不住，发微信问任志达，牙签肉是什么肉？任志达过了好一会儿才回我，说订餐的人太多，回复不过来，牙签肉其实是混合肉，这样才好吃。

我被任志达请过去吃炸鸡，是在他的炸鸡店闭门的前一天。他的房租租期还没有到期，但一天的人工费、电费、水费，入不敷出。他正着手准备当个二房东，挽回一点损失。可惜那地方太偏，离大学城和居民区比较远，很难再转手租出去。我坐了地铁，又打了个的士，才到了炸鸡店前。炸鸡店里流出了一摊油渍，蔓延进了门前的阴沟里，任志达蹲在阴沟前，抽着一支烟，油渍仿佛他的小便。

我们没说什么，径直走入了店里，墙壁上还挂着一个牌子，写的什么韩式炸鸡的宫廷秘史、源远流长和其的保健作用。我凑近了，想看看炸鸡有什么保健作用，任志达一把将我拉进了厨房。他打开冰箱，里面满满的三大排冻鸡腿肉。

"我们吃得完吗？"我嘴巴有些哆嗦。

任志达挑出一海碗腌好了的鸡腿，刷鸡蛋液，裹炸鸡粉，再刷鸡蛋液，裹面包糠，朝铁锅里倒了一锅油，开火下鸡腿。鸡腿起了皱皱的皮，他用铁丝网捞起来，涮了涮，又按下去炸了一遍。我在旁边看着，实在想象不出，他原来是个博学多才、风花雪月的诗人。

"你还别说，任志达的炸鸡味道还是可以的。"我一口气吃了五个鸡腿。

"你呢，怎么不吃？"我问任志达。

"唉，我都吃了半个月了，顿顿炸鸡。"任志达的眼睛里有了一丝属于炸鸡的忧伤。

"你可别耽误了身体。"我拿起了第六个鸡腿，却有一点反胃。

"你说说，我们这辈子就这样了？"任志达瘫在椅子上，露出一大截油光闪亮的肚皮。过了这些年，任志达胖了不少，头发也稀疏了。任志达的这句话让我有点伤感。我们终究往中年过了，中年是什么？离出生与死亡一样遥远、又一样触手可及的年纪。我拍打着任志达的肩膀，既想给他打打气，也想驱散我自己的想法。他没有说话，眼神空洞地看着天花板，不再言之有物。

趁着任志达上厕所的工夫，我在他皱了皮的公文包里塞了两百块钱。我希望他能出去买点蔬菜蛋奶吃。我刚上叫来的的士时，任志达打开了的士门，往我怀里塞了鼓鼓一大包的冻鸡腿肉。我没有回绝他。鸡腿肉的冰碴渗出了保鲜袋，渐渐浸湿了我的裤裆，我想起那次高数考试作弊，我将胶带纸塞进裤裆里，后来很长一段时间，我成了"裤裆哥"。我朝窗外投掷一笑,以后,我只能是"裤裆叔""裤裆爷"了。也没什么不好。我顺着车后视镜看,没有看见任志达。过去的岁月只会越来越远。

我们宿舍最后一次聚会,是任志达发起的。他打电话给我,说想抢新娘。我问他是哪个新娘?任志达哗地一声哭出来了:"苏苏,我的苏苏啊。"

任志达的哭诉挑起了我们302宿舍全体男人的肾上腺素。抢新娘这件事,只能发生在电影里,一旦进入了现实,虽然我们心里也没底,但用这件事作为青春的结尾,至少让我们觉得昨日可待,明日可期。

苏苏的婚礼定在了栖霞区的一家酒店。任志达没有收到请柬,我们中的任何人都没收到。但我们发挥了当年一起作弊的默契:华仔制定战略,我负责具体事务的实施,任志达是主角,要打扮得漂亮,另外的兄弟负责放风与兜底,这其中的任何一个环节都不能出错。华仔在他们公司的指挥室要来了对讲机,我整理打印好了行动指南,人手一份,任志达被我们拉着去理了头发,敷了面膜,还去了一家美容机构,修了眉毛,去了黑头。临上场前,华仔还用和女朋友借来的粉底液给他上了妆。

婚礼如期举行着,人们来到酒店,递来红包,道了祝福,走进殿堂。我们先是躲进了酒店的卫生间,随后趁人不备混了进去。里面的人基本互不认识,我们坐在边缘的酒桌上,等待新娘上场。证婚人说了一大堆歌颂爱情的话，大屏幕放着两人的结婚照片，欢快的歌声充斥耳膜。任志达一边看着，一边说："这男的照片修过了，真人肯定很丑，你看看他那斗鸡眼，还有鼻子也长得不好看，看来以后财运不好，可惜了可惜了。"我们纷纷应和着。

距离吉时6点58分还有3分钟。华仔在对讲机里强调：注意注意，全体战备。

吉时已到，全场突然陷入了黑暗。人们并不奇怪，以为过一会，就会有追光打在门口的新娘身上，然后她牵着父亲的胳膊，一步一步迈向新郎的怀抱。然而这场黑暗持续得久了一点，原因在于灯光控制在华仔的手里。随着一声尖叫，我们的两个兄弟用黑布蒙住新娘的眼睛，一人一只胳膊，架走了新娘。我早已计划好一条人少的路径，等在电梯里，按住开关接应他们。苏苏本来还在乱吼乱叫，听见我的声音，突然安分了。我们宛如保镖般将她送入了地下停车场。华仔表示一切顺利，从另一条道路赶了下来。

"我知道是你。"苏苏站在道路上，一动不动。她的声音很清脆，却很快地消弭在了偌大的停车场里。

我上前一步，想解开苏苏眼睛上的黑布，苏苏却拉住我的手，甩开了："我不想见到你，请你们哪里来的，把我送还到哪里去。"

我们一宿舍看着苏苏，又看着任志达。华仔踢了一脚任志达,示意他说话。

"苏苏……"任志达嗫嚅。

"你还是这个样子,"苏苏冷冷地说。

"苏苏,我这次来,就是想告诉你,我的诗集出版了,一直想送给你一本。现在,我终于有机会了。"任志达从随身的皱皮公文包里掏出诗集《消失在你的全宇宙》。

看到他掏出书,华仔抱着柱子佯装要撞上去,我跺着脚扯头发,其他两个哥们尴尬地咳嗽,撇过脸去不看他们。

出人意料地,苏苏摘下了黑布。

任志达递过去他的诗集:"这本书是写给你的,其实我……"

"你不要说了!"苏苏大喊一声。

后来,新郎带着众人找到了地下停车场,大家七嘴八舌问她是被谁绑架的,需不需要报警。苏苏一手攥着黑布,一手攥着婚纱的一角,双肩颤抖着。新郎手持着门卫的警棍,在车辆下面来回找人。苏苏突然蹲了下来,抱着膝盖大哭。众人停止了寻找,簇拥着新娘子离开停车场,不一会儿,我似乎听到了婚礼的喜乐。我们一直坐在车上,远远地观望这一切。很快,门卫也走了,整个停车场,似乎只剩下了地上的一块黑布。就这样,谁也没有受到惩罚,连一句谴责都没有。

"没劲,"一个哥们说。

"确实,"华仔嘟囔了一声。

作为当事者的任志达,却依靠着车窗,不知在想些什么。我一回头,一颗泪划过他的脸颊,再一回头,连泪痕都不见了。

自那以后,任志达消沉了一段时间。我们开始频繁地找他撸串,他骑着他的破自行车,穿梭在一个又一个深夜摊位边。天气转凉了,摊位冒着腾腾的热气,我们互相调侃着大学里的糗事,木签一根根摞起来,然后又散了。

华仔定下了他的订婚日期,戒指也都买好了;我又开始相亲,我父母看好宣传部的那个女孩;我斜对席的那个哥们,家里拆迁发了一笔;另外一个哥们,拍抖音赚了不少钱。任志达的状态也越来越好了,他凭借着他的三寸不烂之舌,在人寿保险那里谋得了一个职位。我们都像春天里的小草一样,欣欣向荣。

"真的,华哥,"任志达举着酒杯说,"叫一声华哥,你比我亲哥哥还亲啊!"任志达一杯全干了。"我这辈子都无以回报大家的恩情啊!"

"说啥呢,说啥呢。"我们嘬着酒,手来回招呼着。

"华哥,这个项目我捂着不给任何人知道——年化百分之三十,你们想想,简直就是血赚!"任志达晕乎乎地,"你们比我亲人还亲,我才告诉你们……"

我们将任志达运回了他的出租屋。他躺在床上,手一挥,枕头掉了,一叠新簇簇的红色钞票淌了出来。任志达叨叨着:

"我把我爸妈的棺材本都拿来了……"说着，他脸朝下，睡着了。

被任志达坑钱，这不是我们的第一次。但这次我们都被坑惨了。华仔辛辛苦苦办英语培训班赚的钱，本来准备当新房首付，全没了，经理的女儿退回了他的钻戒；我买的比特币全赔进去了，这几年的年终奖也泡汤了；另外两个哥们也损失惨重。像是心有灵犀似的，至此任志达再也没有出现在我们生命里。

痛定思痛后，华仔又喊大家出来撸串。

我一口气撸了二十八根羊肉串，又豪饮了半瓶雪花，冲着华仔喊："你知道我们那次作弊为什么差点被抓吗？"

华仔看着我。

"任志达啊任志达，"我叹口气，"他听说举报作弊算学分，为了毕业能保研，就把我们供出去了。其实我们都知道，就怕伤了和气。"

华仔哗地眼眶红了："知道，我都知道，不是都把他当个人了吗！"

后来我们都没说话，只是经常约了撸串。也总是撸串时，我会想到这个姓任的朋友。